U0007284

此身放浪似竹齋

まつおばしょう

松尾芭蕉——【著】

陳黎、張芬齡——【譯】

目錄

譯序
人叫芭蕉

陳黎、張芬齡

一、他們叫你「俳聖」！

你的名字叫芭蕉，而他們叫你「俳聖」！

一如你所仰慕的唐朝詩人杜甫被中國人稱為「詩聖」——中國詩歌之霸，被稱為「俳聖」的你，是日本詩歌／俳句之霸，而且因為俳句——Haiku——國際化後的傳播效應，你與俳句在全球各地的知名度居高不下。對於世人，你就是俳句，就是日本詩的代名詞。

由單獨一人統領某種藝術形式古往今來風騷，是十分罕見的現象。在西方世界，我們或可說戲劇有莎士比亞、雕刻有米開朗基羅，以一當千萬，巍巍然屹立古今，但音樂起碼有巴哈、莫札特、貝多芬鼎足難分高下，繪畫從喬托到達文西到畢卡索，不同時代各見巨匠奇姿，小說、詩歌和新起的攝影、電影、時尚各類大師更是多不勝數。然而，說到俳句，你——松尾芭蕉（1644-1694）——卻一方獨霸。與謝蕪村（1716-1784）和小林一茶（1763-1827）可算是排名二、三之間的銀牌級俳句大師，但鮮有批評家不視你為遙遙領先的金牌得主。你的魅力何在？何以在美學和歷史上佔有如此重要地位？

7

最簡單的說法是你生得其時，崛起於民智漸開、文化蒸蒸日上，方施行「鎖國政策」的江戶幕府時代——一個和平、自足的新日本。當時「俳諧」（俳句）兩大門派——堅持傳統、注重詩歌規則、依循古典的「貞門派」，以及滑稽詼諧、追求清新奇巧、不拘形式的「談林派」——先後由盛而衰，社會上醞釀著一股氛圍：期盼出現某種詩歌形式，某種新俳風，讓有心的平民百姓皆能讀之、寫之，藉以描寫繁榮的城市生活，表達新興市民內心感受。而你，松尾芭蕉，簡直就是天才，出現得恰逢其時，將俳句從因過於追求詼諧而漸流於戲謔、卑俗之窘境，提升至具有豐厚洞察力與精神內涵的藝術形式。最重要的是，你的題材、風格多采多姿，且言之有物，懷抱「風雅之誠」，詩之趣味與生之況味並容，禪機與生機兼具，力求不斷翻新、超越。

如果說達文西的《蒙娜麗莎》是典藏名畫無數的羅浮宮美術館鎮館之寶或 logo（標誌）的話，那麼你那首一六八六年所寫、如今舉世聞名的俳句「古池や蛙飛びこむ水の音」（古池——／青蛙躍進：／水之音）裡的青蛙，應該就是被叫為「俳聖」的你的 logo，你的吉祥物了。

或者說——所有俳句的 logo、吉祥物！

二、你叫自己「松尾桃青俳諧屋」主

二十九歲（1672）時，你由家鄉伊賀上野往江戶（東京）發展，開始收納門徒，自立門戶。呼應詩仙「李白」之名，你改俳號為「桃青」，於 1678 年取得「俳諧宗匠」資格。

1679 年，三十六歲的你寫了一首新春俳句，作為「松尾桃青俳諧屋」創業宣言：「発句也松尾桃青宿の春」（以此俳句／迎我松尾桃青屋／俳諧之春！）你日文原詩中的「發句」，就是你死後兩世紀，在明治時代，被公認為排名第四的銅牌俳句大師正岡子規（1868-1912）所命名的「俳句」。他是極少數敢非議你金牌地位的俳句運動員。他居然批評你「玉石混淆」，說你所作千首俳句，「過半惡句、駄句（拙句）」，僅五分之一（「二百餘首」）屬佳作，寥若晨星。正岡子規自己一生寫了約兩萬多首俳句，依他自己標準檢視他，敢稱能有千首佳句嗎？打擊率難及 0.5 成，敢議論你高達兩成的巨砲實力？真是自我打臉……我們相信他是「口非心是」的你的另類粉絲。他應該認得不少漢字，可以算算這本《此身放浪似竹齋：松尾芭蕉俳句 450 首》一共收了幾首我們覺得值得中譯的芭蕉俳句——起碼有 453 首呢！

　　本書依寫作年份，順序選譯你的詩作，姑且先以三兩千字呈現你生平大要，方便讀者隨意入你「屋」逛逛：

　　松尾芭蕉，出生於寬永二十一年（1644），是伊賀上野（今三重縣上野市）松尾與左衛門的次男。幼名金作，又稱藤七郎、甚七郎、忠右衛門，名宗房。上有一兄一姊，下有三個妹妹。父親屬土豪後代、無給的「無足人」（無田邑的低層武士）階級。明曆二年（1656）十三歲時，父親過世。寬文二年（1662），芭蕉出仕伊賀武士藤堂新七郎家，擔任其嗣子藤堂良忠之近侍與伴讀學友，可能有機會隨良忠接觸高階武士養成教育須讀的漢詩文

與《源氏物語》、《伊勢物語》等，但不確定。良忠俳號「蟬吟」，嘗從「貞門派」俳人北村季吟習俳諧。十九歲的芭蕉於此年寫了他第一首俳句，題為「廿九日立春」──「春やこし年や行けん小晦日」（是春到，或者／舊歲去──這恰逢／立春的小晦日？），以「宗房」兩字為俳號。良忠於寬文六年（1666）去世，二十三歲的芭蕉辭別藤堂家，此後五、六年間消息不明，據說時往京都習禪、修業、遊學，其間可能對老莊之學，李、杜、寒山、黃山谷之詩有所涉獵，日後行腳（旅）四方之精神應即萌芽於此階段。寬文十二年（1672）一月，芭蕉編輯了一本伊賀俳人的詩選《貝おほひ》（《覆貝》），呈獻給伊賀上野菅原神社。二月，二十九歲的芭蕉來到江戶發展，感染了新起的重諧趣、機智的「談林派」俳風。延寶二年（1674），十四歲的寶井其角入芭蕉門，成為芭蕉第一位弟子。京都的北村季吟送給了芭蕉一本俳諧秘笈《埋木》。三十一歲的芭蕉，約在此時開始與其情人壽貞同居於江戶。延寶三年（1675），改俳號「宗房」為「桃青」，向李白致敬。松倉嵐蘭、服部嵐雪、杉山杉風等弟子於此年入門，芭蕉逐漸奠定了他在江戶俳壇的基礎。延寶四年（1676）回伊賀上野，帶十六歲外甥桃印（其姊之子）到江戶同住，並出版與俳友山口素堂（1642-1716）合著的《江戶兩吟集》。有說芭蕉在江戶期間做過「書役」（抄寫員）工作，也有說他投身水道修鑿之事。延寶六年（1678），芭蕉確立了其「俳諧宗匠」之地位，於翌年新春意氣風發吟詩迎接「松尾

桃青屋」時代之到來。

延寶八年（1680）是芭蕉生命中關鍵的一年。入冬後，芭蕉毅然告別市區，移往江戶郊外深川隅田川畔草庵隱居，借杜甫「窗含西嶺千秋雪，門泊東吳萬里船」之句，取名「泊船堂」。三十七歲的芭蕉一生在此有了大轉折：他簡樸生活，潛心俳藝，詩風逐漸轉向閑寂、素簡、冷冽。延寶九年（1681）春，芭蕉門人李下贈芭蕉一株，植於深川草庵庭中，後葉茂掩庭，遂改稱「芭蕉庵」。芭蕉與附近臨川庵佛頂和尚相往來，拜其為師學禪，莊子、杜甫影響益見明顯，俳風不時流露漢文、漢詩調。天和二年（1682），俳號由「桃青」轉為「芭蕉」。十二月，江戶大火，芭蕉庵燒毀，往甲斐寄居於高山傳右衛門住處。翌年五月回江戶。六月，母親逝世於家鄉伊賀上野。得門人、好友贊助，入冬後遷入於深川元番所森田惣左衛門住處興建的「第二次」芭蕉庵。在其角於今年編成的第一本以蕉門為主的俳諧集《虛栗》跋文中，芭蕉說此書其味來自「李、杜的心酒」、「寒山的法粥」、西行（1118-1190）的短歌，以及白居易之詩。蕉風、蕉味，於此略可聞之，而芭蕉以一俳諧之「誠」貫之。

貞享元年（1684）八月中旬，四十一歲的芭蕉由門人苗村千里陪同，由江戶啟程進行其《野曝紀行》之旅，沿東海道到伊勢，回家鄉伊賀，往吉野、大垣、尾張、名古屋──在名古屋，芭蕉與岡田野水、山本荷兮、加藤重五、坪井杜國、小池正平等合詠成「尾張五歌仙」連句集《冬之日》，告別「談林派」趣味，確立俳壇「蕉

11

風」，創造了俳諧的新地平線。向井去來經其角介紹成為芭蕉弟子。年末芭蕉再度回鄉，後歷奈良、京都、大津、熱田、名古屋等地，於貞享二年（1685）四月底回到江戶，前後九個月。《野曝紀行》是芭蕉最早的（散文中置入俳句的）「俳諧紀行文」，完成於貞享二年下半年。今年另有越智越人、河合曾良等弟子入門。貞享四年（1687）八月，芭蕉與曾良、宗波同赴常陸國鹿島賞月，後寫成紀行文《鹿島紀行》。十月，芭蕉從芭蕉庵出發，開始其極動人的《笈之小文》之旅，經尾張到伊賀，回上野故里過年，翌年（1688）與杜國（萬菊丸）同往吉野、高野、和歌浦、奈良、大阪、須磨、明石等地，四月至京都，結束《笈之小文》旅程。收凡兆與羽紅夫妻為弟子。六月，芭蕉從大津經美濃、岐阜到尾張，遊歷名古屋、熱田、鳴海等地。八月，與弟子越人經木曾往更科姨捨山賞月，於十五日抵達，停留四夜後於月底返回江戶，是為其《更科紀行》之旅。

芭蕉的紀行文中最廣為世人所知的當屬《奧之細道》一書。芭蕉於元祿二年（1689）三月二十七日從江戶芭蕉庵出發，由門人曾良伴隨，開始其歷時五個多月、長達二千四百公里的《奧之細道》（奧羽北陸）之旅，一路行經日光、黑羽、白河關、松島、平泉、尿前關、尾花澤、出羽三山、酒田、象潟、出雲崎、市振關、金澤、小松、福井、敦賀等地，至同年九月六日離開大垣結束全程。此書各章散文諸段落間，出現了五十餘首芭蕉的俳句以及十首曾良的詩，真是俳文並茂的豐美之作。

元祿三年（1690）四月至七月，芭蕉入住國分山幻住庵，後寫成〈幻住庵記〉一文。七月下旬離開幻住庵，移居膳所義仲寺無名庵，至九月下旬。元祿四年（1691）四月，入住京都嵯峨去來的別墅「落柿舍」，至五月四日，寫成《嵯峨日記》。七月，去來與凡兆合編之詩集《猿蓑》出版，展現芭蕉與門人圓熟詩境，被視為蕉風藝術的高峰。十月底回到江戶，借住於橘町彥右衛門家。元祿五年（1692）五月中旬，自橘町移居至曾良、杉風等門人出資於深川舊芭蕉庵附近新建的（第三次）芭蕉庵。八月，移芭蕉樹至新庭，完成〈移芭蕉詞〉一文。

元祿六年（1693）三月下旬，外甥桃印病逝芭蕉庵，令五十歲的芭蕉甚為悲痛。七月中旬至八月中旬，閉關一個月，作〈閉關說〉一文。元祿七年（1694）四月，完成《奧之細道》一書之寫作，由柏木素龍幫忙謄清。五月，與壽貞之子次郎兵衛從江戶啟程返鄉，曾良隨行，為此生最後一次旅行。經島田、鳴海、名古屋、伊勢等地，於月底回到伊賀上野。停留至閏五月中旬，又往大津、膳所、京都等地。六月八日，在京都接獲昔日情人壽貞在芭蕉庵病逝之訊息。七月中旬又返故里，盂蘭盆會上寫下追念壽貞之委婉、深情詩句──「数ならぬ身とな思ひそ玉祭」（盂蘭盆節亡靈祭──／絕不要以為你是／微不足道之身……）。九月九日至大阪，次日晚上惡寒、頭痛發作。之後仍抱病與弟子相見、出席俳會，病情日益惡化。十月八日旅次病榻上吟出此辭世之詩──「旅に病で夢は枯野をかけ廻る」（羈旅病纏：夢

13

／迴旋於／枯野）。十二日，病逝，享年五十一歲。

　　由宗房、桃青，至芭蕉，你的俳諧屋不只立在芭蕉庵，它們遍布、迴旋於你行過的每一條路上，彷彿若有聲。

三、叫你「歌仙」之仙

　　與你、與此書有關的「歌仙」，有兩個意思。其一是和歌大師，善吟和歌（或稱短歌）者。本書第 375 首俳句，你詩題「小町之歌」裡的那位（小野）小町，就是《古今和歌集》序文中論及的「六歌仙」之一。她也是「三十六歌仙」之一，「女房三十六歌仙」之首。在我們這本書裡還出現了兩首你寫小町的詩句，一首是十四音節的連歌付句「浮世の果ては皆小町なり」（浮生盡頭皆小町），一首是十七音節俳句「名月や海に向かへば七小町」（圓月當空——／奔流入海／七小町……）——她是偉大詩人（歌仙），又是驚為天人的絕世美女（仙女），據說晚年淪為老醜乞丐。你讚其美，又嘆世間美之短暫、迅逝——月湧大江流，海盜七小町……。叫你「歌仙」，就彷彿叫你「詩仙」、「詩聖」——厲害了，芭蕉！

　　「歌仙」另一個意思是，以三十六句構成的一種「連句」。俳諧「連句」以發句（5-7-5、十七音節，稱長句或前句）起頭，繼之以脇句（7-7、十四音節，稱短句或付句），然後再輪番附和以長句與短句，三十六句即連為一卷「歌仙」。你1684 年在名古屋與杜國等人合詠，為「蕉風」插旗、掛牌的那本「尾張五歌仙」《冬之日》，就是由五卷「歌仙」構成的

連句集。「歌仙」是俳壇蕉風吹起之後的連句主流，推波助瀾，蔚為勝景，你是蕉風的鋒頭／風頭，當然要叫你「歌仙」之仙了。

那你寫的俳（諧之）句，和「歌仙」小野小町所寫的和歌、短歌有關嗎？我們打開小天窗，為讀者說一下亮話——

俳句與短歌同屬日本最盛行的傳統詩歌形式。短歌由 5-7-5-7-7、三十一音節構成，亦稱和歌。日本最古老的和歌選集《萬葉集》（約 759 年）收錄了四千五百首詩，其中有百分之九十三採用短歌的形式；第二古老的和歌選《古今和歌集》裡的一千一百首詩作中，只有九首不是短歌。俳句則是由 5-7-5、十七音節構成的（可能是世界上為大家所知的最小的）詩歌類型。5-7-5，恰好是 5-7-5-7-7 的前面部分，兩者同一家族嗎？俳句的前身是短歌嗎？

《萬葉集》裡除了短歌外，另有長歌（5-7-5-7⋯5-7-7）、旋頭歌（5-7-7-5-7-7）、佛足石歌（5-7-5-7-7-7）、短連歌（5-7-5/7-7）等歌體，而在第八卷裡恰好有全集這麼唯一的一首由「長句」（5-7-5）和「短句」（7-7）兩句構成的「短連歌」（亦稱「二人連歌」），作者是一女尼與大伴家持——「佐保川の／水をせき上げて／植ゑし田を〔尼〕／刈る早稲飯は／独りなるべし〔大伴家持〕」（引佐保川／之水啊，來／種田——〔尼〕／新米做成飯，／當先由你獨餐〔大伴家持〕）。把女尼所作的短連歌「長句」（此處為 5-8-5、十八音節）單獨取出，

15

就是一首俳句（5-7-5）的大致樣貌。

「短連歌」之後，在平安時代末期發展出一種名為「鎖連歌」（長連歌）的連歌形式（5-7-5/7-7/5-7-5/7-7…），可由多人接力連詠，以詠滿百句為度，但也有千句或更長者。和後來的「連句」一樣，「長連歌」第一句（5-7-5）稱為發句，第二句（7-7）稱為脇句——而「發句」是一首長連歌中唯一具有獨立價值的，因為第二句後之句都必須照應、敷衍前面之句。到了室町時代（1336-1573），長連歌變得十分流行，規則益加複雜，內容也漸趨嚴肅，於是一種企圖擺脫嚴謹格律，尋求以平易口語表現滑稽、詼諧之趣的「俳諧連歌」（江戶時代稱「連句」）應運而生。後來山崎宗鑑（1465-1553）、荒木田守武（1473-1549）等傑出詩人，將俳諧連歌「發句」獨立出來吟詠，形成了最早的俳句。等到明治二十年代（1890年代），正岡子規以「俳諧之句」的簡稱——「俳句」——命名獨立出來的「發句」，俳句就成為世人所知、所愛的獨特日本文學類型了。

俳句一般雖由5-7-5、十七音節構成，但也有例外：音節過多者稱「字餘」、過少者稱「字不足」，或者雖具十七音節，卻不依5-7-5之律，皆屬有違常規之「破調」句。一首俳句通常須含表示季節之「季語」（若無則稱「雜句」或「無季」；有兩個以上季語則稱「季重」；有不同季的季語則稱「季違」），且須使用「切字」（標點符號般，用以斷句、詠嘆或調整語調之助詞、助動詞、語氣詞）。如果全不理會這些要求，那就算「自由律」、

自由俳句了！

「歌仙」之仙啊，讀你的俳句，也頗有一些飄飄欲仙，自由、破格處呢！

四、叫你《革命前夕的摩托車之旅》
途上斗笠草鞋徒步健行的同志

古往今來，無數人在或奧或曲、或細或闊的人生道上，以車，以船，以腳，以飛行器，以夢，以野心——朝某個未必確然、清晰的理想前行——想翻昨日的陳爛為明日的新燦，想革體內體外的舊命，成就相對的鮮猛。在路上。在革命前夕的路上。在《野曝紀行》、在《笈之小文》、在《奧之細道》……的道路上——隔著一層鞋底、一層腳皮——道——即在我腳下。

1951 年底，二十三歲的醫科學生切・格瓦拉（Che Guevara, 1928-1967）與他的藥劑師好友、二十九歲的阿爾貝托・格拉納多，騎著一台單缸摩托車，從布宜諾斯艾利斯出發，開始長達八個月、逾一萬公里的《革命前夕的摩托車之旅》。他們沿著安第斯山脈，經阿根廷、智利、秘魯、哥倫比亞，到達委內瑞拉。壯遊途中，格瓦拉目睹了社會的不公，開始真正了解拉丁美洲的貧窮與苦難，而後成為一個投身革命，在四十歲時以身殉道、創造永恆詩意的行動詩人。他的背包裡裝著理想，也裝著孤獨，一本綠色筆記本抄滿他喜愛的詩人的詩——瓦烈赫（Vallejo），歸冷（Guillén），聶魯達

（Neruda）……也許也有你的詩——Basho——芭蕉，被翻成英文或西班牙文……在黃塵不時揚起的摩托車路上，他們看到戴著斗笠、穿著草鞋，怡然徒步前行的你，和你的同伴。那是你的愛徒杜國嗎？

1684 年八月，你開始《野曝紀行》之旅，出發之際，四十一歲的你吟出此行第一首詩——「荒野曝屍／寸心明，寒風／刺身依然行！」（本書第 83 首）。而九月下旬在大垣，你低嘆——「野行至今未／曝屍，懸命立／秋暮」（98 首）。十一月，在名古屋，你與杜國等弟子合吟出被視為俳諧革命先聲的《冬之日》，五歌仙中冒頭第一句，正是你舉筆迸出，驚天動地的蕉風第一槍——「摧枯寒風／吟狂句，此身／放浪似竹齋」（103 首）——你就是那好吟狂歌，浪跡四野的狂竹齋！年底，你幫自己自拍了一下——「一年又過——／手拿斗笠，／腳著草鞋」（108 首）。翌年四月，旅途將盡回江戶前，你再逢愛徒杜國，臨別送他這首確然將在「同志文學史」裡被製成標本，佔有一席之地的蝴蝶詩——「斷我蝴蝶之翼如／斷袖，作你／白罌粟花祭彩旗」（121 首），令人艷羨、羨艷啊……

1687 年十一月，《笈之小文》旅途中，你和弟子越人同訪睽違兩年半、因罪被流放至保美的杜國。在太平洋濱伊良湖崎重見愛徒，你欣喜詠出——「一鷹飛來眼前——／我心喜哉，／荒遠伊良湖崎」（163 首）。翌年春天，你與杜國如約同往吉野、高野、奈良、大阪……等地賞櫻遊春，四月至京都，前後百日。有人美讚說這是你的「百日蜜月之旅」。帶罪之身的杜國化名「萬菊丸」，充當你的童僕，你們的檜木斗

笠上都寫著「乾坤無住同行二人」。在吉野，面對繁櫻，你心花怒放，對頭上斗笠吟出——「帶你賞／吉野之櫻——／檜木笠」（187 首），杜國也亦步亦趨吟出「也讓你賞／吉野之櫻——／檜木笠」。在奈良初瀨長谷寺你幽幽吟出——「春夜朦朧——／神殿角落裡，有人／為愛祈願……」（188 首），杜國也和鳴以「也可見僧穿／高齒木屐——／櫻花雨中行……」。你何止喜不自勝，簡直得意忘形，花陰下以扇代杯，手舞足蹈——「以扇飲酒癲／模樣——落櫻飄飄／作戲樹蔭下」（192 首）。五月四日，你們在京都同賞隔日驟逝的年輕、俊美的吉岡求馬的歌舞伎演出。而後，杜國經伊賀回伊良湖，你沒有想到這竟是永別。結束《奧之細道》之旅後，1690 年一月，久未連絡、為伊難安的你寫信給杜國說「邇來無君音信，莫非渡海之船為浪所裂，或罹病歟，吾為此心憂，方寸欲碎」，信末你說「正、二月之間，待君前來伊賀一訪」，你沒料到此時已病倒的杜國，三月間隨即去世。一六九一年四月二十八日你《嵯峨日記》所記，令人動容——「夢中言及杜國事，泣醒。心神相交而成夢……誠然矣，我之夢見伊，可謂念夢也。杜國慕我甚深，追我於伊陽故里，旅途夜則同床，起則同行，助減我行腳之勞，如影隨形，約莫百日。悲喜與共，其情其意深染我心，難以忘懷，故而入我夢乎。醒來又淚沾衣袖……」

美即是力。你以一發發美的子彈抒發革命／懸命感情，以最曼妙的秩序安排子彈落點，讓我們甘心銷魂。杜國——他應該是你人生道上，詩的革命路上，最親密的愛人／同志吧。

五、叫你世界田徑賽第一名

你辭世之年（1694）有一首俳句如此寫——「**人間此世行旅**：／**如在一小塊**／**田地來回耕耙**」（401 首）。生命大多時候浪跡、行吟四方的你，應可算是一個孤寂的慢跑、慢走或慢寫選手，大地／世界是你筆耕的稿紙，抵終點前（有終點嗎？），你回顧身為旅者／書寫者的自己的一生，彷彿「在一小塊田地來回耕耙」，跑來跑去，沒有獎盃的世界盃一人田徑賽。此詩寫成後四個月，在死前半個月的大阪旅途，你寫了底下這首「準辭世詩」——「**此道**，／**無人行**——／**秋暮**」（423 首），喟嘆跑了一輩子的俳諧／人生道上，似再無田徑選手身影。

但我們要說，世界盃田徑賽是年年、代代舉辦的。

1995 年諾貝爾文學獎得主、愛爾蘭詩人奚尼（Seamus Heaney, 1939-2013），在他 1966 年出版的處女詩集第一首詩〈挖掘〉裡，描寫他父親及祖父鏟挖馬鈴薯與泥炭的情景，他說他沒有鐵鏟追隨父祖們挖掘農地，但期許自己能以他們挖掘農地的技巧和堅毅去寫詩——「在我的手指和拇指間／擱放著我粗短的筆。／我將用它挖掘。」

你們是不同屆的冠軍。陳黎也報名了比賽，雖然只是陪跑——「吾不如老圃：我畫地／自限，以筆翻鋤，為／幾株新品種的惡之華」（《小宇宙》119 首）

你應該覺得「此道」猶有人，「吾道」不孤吧——猶有世界各地腳夫，以筆以鋤，來回田中小徑耕耙，共挺世界田徑賽。

六、叫你 20 世紀現代詩人

對於詩，你的學生說你提出「不易、流行」之說。1689年《奧之細道》途中，你在山中溫泉答門人立花北枝提問，他在《山中問答》中記說你認為「有志於正風俳道者，不迷於世間得失是非……應以天地為尊，不忘萬物山川草木人倫之本情，而當與飛花落葉遊。遊於其姿時，道通古今，不失不易之理，行於流行之變。」你的門生服部土芳在俳論集《三冊子》裡說：「吾師之風雅，既有萬代之不易，又有一時之變化，二者合而為一，即所謂風雅之誠。」

不易即不變，流行即變，合起來就是「變與不變」、「有所變有所不變」，這是詩歌（或宇宙人生）最簡單的真相。不變的是古往今來詩人求新求變之心，是詩之能感人、動人所需之一切不變元素。變的是與時俱進，代代詩人求新求變之姿。叫你 20 世紀現代詩人，因為生於 20 世紀的現代詩人，與你一樣，師法前賢，思索詩之不易本質——以忝屬其一、以中文寫作的本書譯者陳黎為例——向李、杜、白居易、陶淵明、莊子、黃庭堅、李賀、寒山、藍波、波特萊爾、馬拉梅、葛維鐸（Quevedo）、鄧恩（Donne）、黃真伊、辛波絲卡、與謝野晶子、小野小町、一茶、芭蕉……學東西、偷東西，據為己有，轉為己有——連你自己也偷你自己！

你寫過一首俳句——「蝴蝶啊，蝴蝶，／唐土的俳句／什麼樣貌？」（72 首）。啊，代莊周所夢之蝶回答你，你看看底下這幾首陳黎《小宇宙》裡的中文現代俳句便知：

21

一顆痣因肉體的白／成為一座島：我想念／你衣服裡
波光萬頃的海

愛，或者唉？／我說愛，你說唉；我說／唉唉唉，你
說愛哀唉

爭鳴：／○歲的老蟬教○歲的／幼蟬唱「生日快樂」

一二僧嗜舞／移二山寺舞溜溪／衣二衫似無

人啊，來一張／存在的寫真：／囚

讓芭蕉寫他的俳句，走他的／奧之細道：我的芭蕉選
擇／書寫你的奧之細道

　　珍惜創新、大膽創新就是珍惜傳統、取法傳統。是誰說
「語不驚人死不休」？是你我的老杜啊。不易、流行。變與不
變。陳黎變化你，與你同又不同。你「一年又過──／手拿
斗笠，／腳著草鞋」，陳黎（不）易為「涼鞋走四季：你看
到──／踏過黑板、灰塵，我的兩隻腳／寫的自由詩嗎？」。
你《奧之細道》裡這首 1689 年俳句「夏草：／戰士們／夢之
遺跡……」（夏草や兵どもが夢の跡，254 首）曾被我們易
（譯）為如下的文本──

22

艸艸艸艸艸艸艸艸艸

兵兵兵兵乒乒兵兵丘：夢

艸艸艸艸艸艸艸艸艸

既藏著杜甫 756 年所寫的「國破山河在，城春草木深」之影，
也埋伏著陳黎 1995 年詩作〈戰爭交響曲〉裡「兵兵兵兵兵
兵兵兵兵兵兵兵兵……」那些奇「兵」的身影。

　　聲音。意象。文字的趣味。有感而發。誠中形外。巧
喻。雙關語。舉重若輕。以簡馭繁。用典。奪胎換骨。跳
tone。破格。歪打正著。亂中有序。似是而非。似非而是。
雄渾。纖巧。亮眼。亮耳。意在言外。一再艷怪。惡之華。
「別有所好 ——／逐無香氣之草而息的／一隻蝴蝶」（174
首）。暗香浮動月黃昏。野渡無人舟自橫……這些都是古往今
來變與不變的詩的美德或惡德。慶典之旗。數字也欣然加入
遊行行列 ——

　　奈良 ——／七重七堂伽藍／八重櫻……（439 首）

　　初雪 ——／一、二、三、四／五、六人（小林一茶）

　　不言，／不聽，／點頭告別，／兩個人和一個人，／
　　六日當天（與謝野晶子）

　　雲霧小孩的九九乘法表：／山乘山等於樹，山乘樹等
　　於／我，山乘我等於虛無……（陳黎）

詩如閃電之光（light），給我們喜悅（delight），也給我們啟示（enlightenment）——「可貴之士啊——／見閃電掠空，而不嘆／人生一場空」（311 首）。見閃電之光，我們初覺喜悅，繼而悟其空——但沒想到居然另有「貴」人能突破其空，真是再開吾人眼、長知識啊！詩人是光影的魔術師。戲法人人會變，巧妙各有不同。好的詩人除了擅於駕馭文字、以文字為生命（live by the word），也必然居住於人世（live in the world）、關照人世。文字與世界之間——芭蕉老師啊，如你所說——以風雅之誠與真，以及你推崇的「輕」（lightness），一以貫之可矣。

七、叫你八驕芭蕉

美國學者、藝術家艾迪士（Stephen Addiss）教授在其所著《俳句的藝術》（*The Art of Haiku*）一書中，認為有八事是你可驕之成就。奉莊周之蝶命，轉譯、轉述如下——

一、芭蕉自由不羈。他棄離出仕之途，浪跡四方，多次進行其俳諧紀行之旅，不讓自己停滯、腫贅，遂能不斷到新地方，見新人、事，體會自然多樣風景、面貌。他幾度變換自己的俳風，由貞門派、談林派出發，轉而用心於對周遭世界更深刻的觀察與展現，最終趨向「輕」（輕み）之風格。他習禪，剃髮，穿僧衣，但從未出家。簡言之，在階層分明的社會裡，他卻不受任何階層框架之束縛。

二、芭蕉賞識但不受制於傳統。他景仰中國古典詩人與西行（1118-1190）、宗祇（1421-1502）等日本大師，以他們為浪遊、隱遁、深刻體悟世事之典範。芭蕉之前的俳諧詩人多半戲仿經典，以求展現其學識或機智，但芭蕉在取法古典時，猶存留自己鮮明特質，甚至青出於藍，更加鮮活生動。

三、芭蕉從不自滿。他不斷追求深度與更多樣的表達方式，對萬物抱持無窮的好奇心，不依個人喜惡下定論。對他而言，鮑魚的腸子（379 首）和在他枕邊尿尿的馬（255 首）皆可入詩。芭蕉通過旅行發現新事物，而非安於所居、一成不變。

四、芭蕉為俳句注入新的諧趣，非憑賴雙關語與深奧用典（雖偶亦用之）。他頌揚日常的幽默，深知心領神會的微笑比咧嘴大笑或自鳴得意的傻笑更為可貴。

五、芭蕉擅長將兩個看似不相干的意象、元素組合在一起，或者讓不同知覺 —— 譬如聽覺與視覺（107、338、415 首），嗅覺與觸覺（443 首），甚至聽覺、嗅覺、觸覺、視覺（173 首）—— 通聯、交感，激盪出曼妙的火花。

六、雖然芭蕉所繪的「俳畫」不多，但透過與其他詩畫家（特別是弟子向井去來）的交流，他讓此一繪畫類型獲得某種認可與意義，從他晚年的一首俳句 ——「嵯峨野的綠竹／涼爽，躍然 ——／在圖畫中」（405 首）—— 可見其對「畫境亦能傳達詩境」的信念。

七、他持續精進、深化詩藝，永不止息。避免陷入

25

「過重」、「過份嚴肅」或「過於講究」之病，芭蕉晚年倡揚俳句「輕」之風格。他說「目前我對俳風之想：就像看一條淺溪流過沙上，詩的形式與意味的展開，都須是輕的」（今思ふ体は、浅き砂川を見るごとく、句の形、付心ともに軽きなり）。誠如美國禪師羅伯·艾肯（Robert Aitken, 1917-2010）所言──「清晰之道即無重之道……種種設想、說解（此處亦不例外）、推論、聯想──皆徒增重量，有礙體會之浮現。」

八、芭蕉極富人道精神。雖然他大部分詩作中鮮少見「人」登場，但「人」始終存在於芭蕉和讀者心中。對芭蕉而言，自然與人性是相通的，對兩者的感受或表達是一體的。從他晚年兩首詩可得到印證──「秋近：心／相親──四疊半／的小空間」（410 首）；「秋去也──／栗子的果殼／雙手洞開」（420 首）。

此誠芭蕉之八驕也。

八、叫你永遠的芭蕉庵主

聽起來有點像秘密幫派的幫主或派頭。芭蕉庵。

雖然只是簡陋草屋，誰叫你一而再、再而三，三次在深川隅田川畔建構了傳奇的芭蕉庵──「削杉木為柱頗清，編竹枝為門以安，圍以蘆葦之籬，朝南面池，猶如水樓……」當然還有不插電，免收電費，幾日明、幾日淡的水月與鏡花。第一回在 1681 年揭牌。第二回在 1683 年。第三回在

1692 年。你有一首俳句，推測為第二次芭蕉庵後所寫——「此寺啊／滿植芭蕉之／庭園喲」（この寺は庭一盃のばせを哉）（440 首）。你日文原詩裡的「一盃」意思為滿滿或許多，但乍看詩中那些漢字，還以為你在芭蕉庵庭園辦了一次世界盃或什麼盃的比賽。你的草庵雖已驗收完成，入住無虞，但你這首詩似有偷空減料、未完成之感——才張口對自己的草寺略略自得地呼喊了一聲，詩就斷了……才第一期完工呢！

吾人此慮或屬多餘，因為這滿植芭蕉的庭園與其說是立在地上，不如說是立在稿紙上。這是你詩藝的芭蕉園。言之寺。在十七音節寬窄的空間反覆建構一重重五堂七堂伽藍八重櫻，無憂颱風、地震。

1990 年諾貝爾獎得主、墨西哥詩人帕斯（Octavio Paz, 1914-1998）曾於 1984 年偕妻至隅田川畔訪芭蕉庵，以 5-7-5 音節的俳句形式，寫成一組六首的〈芭蕉庵〉，向你、向我們秘密的幫主／永遠的庵主、向詩致敬——「整個世界嵌／入十七個音節中：／你在此草庵」；「以清風做成，／在松樹林與岩石／之間，詩湧出」；「母音與子音，／子音與母音的交／織：世界之屋」；「數百年之骨，／愁苦化成岩石，山：／此際輕飄飄」。此寺啊，滿植芭蕉之庭園喲……。言之寺。這是千首俳句構成的詩神之廟，俳聖之寺，以簡馭繁、舉重若輕的葫蘆——「我所有者唯一／葫蘆——我／輕飄飄的世界」（131 首），自身俱足的小宇宙……

松尾芭蕉俳句選

（453首）

001

> 是春到，或者
> 舊歲去——這恰逢
> 立春的小晦日？

☆春やこし年や行けん小晦日（1662）

haru ya koshi / toshi ya yukiken / kotsugomori

譯註：此詩有「前書」（詩前的說明）——「廿九日立春」。「小晦日」
即除夕的前一天。本名松尾宗房的芭蕉生於寬永二十一年（1644）。
寬文二年（1662）十二月二十九日，既是除夕前一天，又恰為「立
春」日——舊歲猶未去，而「立春」已先到——讓十九歲的芭蕉寫
了他生平這第一首俳句。

002

> 月亮是指路牌——
> 旅人啊，由此進，
> 到你的投宿處`

☆月ぞしるべこなたへ入せ旅の宿（1663）

tsuki zo shirube / konata e irase / tabi no yado

譯註：二十歲的芭蕉似乎已視自己為「以天地為逆旅」的旅者，知
「光陰者百代之過客」……

003

緋櫻花開——

徐娘暮年

憶往事……

☆姥桜咲くや老後の思ひ出（1664）

ubazakura / saku ya rōgo no / omoiide

譯註：緋櫻，日文「姥桜」——亦指半老徐娘。

004

京都賞櫻——

九萬九千人

群集

☆京は九万九千くんじゅの花見かな（1666）

kyō wa kuman / kusen kunju no / hanami kana

譯註：芭蕉的時代京都據說有九萬八千戶人家，而京都賞櫻人數有「九萬九千」——比「九萬八千」還大的數字呢！此詩聲音鏗鏘響亮——日文「京（都）」、「九万」、「九千」、「群集」（くんじゅ）四詞皆以 k 音始。

005

　　窮人的眼睛也
　　看得見花：
　　啊，鬼薊花！

☆花は賤の目にも見えけり鬼薊（1666）

hana wa shizu no / me ni mo miekeri / oniazami

譯註：日本古時有「窮人的眼睛看不見鬼」之說，芭蕉此詩機靈、悲憫地說「看不見鬼的窮人的眼睛，照樣能看見美麗的鬼薊花」。日語「鬼薊」，即中文之馬薊、虎薊。

006

　　杜若花
　　水中倒影，啊恰似
　　杜若花

☆杜若似たりや似たり水の影（1666）

kakitsubata / nitari ya nitari / mizu no kage

007

夕顏花白：身體
隨目光，不自覺地
飄浮起來⋯⋯

☆夕顏に見とるるや身もうかりひよん（1666）
yūgao ni / mitoruru ya mi mo / ukarihyon

008

秋風
穿過拉門上的破洞：
真尖的嗓門！

☆秋風の鑓戸の口やとがり声（1666）
akikaze no / yarido no kuchi ya / togarigoe

譯註：原詩中的「口」（音 kuchi）有破洞與發聲之口（嗓門）雙重
意思。日文「鑓戸」（即「遣り戶」，やりど：音 yarido），拉門。「と
がり」（音 togari）即「尖」之意。

33

009

今宵明月——
只要清澄，
住下就是京城

☆たんだすめ住めば都ぞ今日の月（1666）

tanda sume / sumeba miyako zo / kyō no tsuki

譯註：俳句通常由「上五」、「中七」、「下五」十七個音節構成，芭蕉這首二十三歲之作雖短短十七音節，卻可充分見其巧妙料理字音、字義之功力。原詩直譯大約是「只要清澄，／住下就是京城：／今日之月」，上五之「清澄」與中七之「住下」日文發音皆為「すめ」（sume），此為日本短歌與俳句中常見之「掛詞」（雙關語）技巧。而下五之「今日」，日文發音「きょう」（kyō），與「京（都）」同音。詩中融入了諺語「住めば都」（住下就是京城；久居則安）。白居易〈重題〉有詩句「心泰身寧是歸處，故鄉何獨在長安」。

34

010

枯萎，低垂，
整個世界顛倒——被
雪所壓之竹！

☆萎れ伏すや世はさかさまの雪の竹（1666）

shiore fusu ya / yo wa sakasama no / yuki no take

譯註：此詩有前書——「在孩子夭折的人家」。日文原詩由 6-7-5 共
十八個音節構成，屬「字餘」（音節過多）、有違俳句常規之「破調」
句。芭蕉寫作俳句，時有破格之作。他曾對弟子說，如果一首俳句
他們多用了三、四個音甚或五個、七個音，也無須擔憂，只要覺得
整首詩不錯。但如果有任何一個音讓你唸起來覺得無新意，就要全
力思索、料理之。

011

花顏讓你
害羞嗎——
朦朧的月？

☆花の顔に晴れうてしてや朧月（1667）

hana no kao ni / hareute shite ya / oborozuki

譯註：芭蕉此詩變奏、重構了中文成語「閉月羞花」。由 6-7-5 共
十八個音節構成。

35

012

東風梳柳髮——
這邊是長髮美人，
那邊也是⋯⋯

☆あち東風や面々さばき柳髮（1667）

achi kochi ya / menmen sabaki / yanagigami

譯註：此詩署名「伊賀上野松尾宗房」，芭蕉二十四歲之作，將中國古典風的東風、柳條等意象「俳諧化」為美人飄逸之髮。日文「東風」（こち：音 kochi）與「此方」（こち）同音，是雙關語。あち（achi）則是「彼方」。「面々」即人人。傳說平安時代文人都良香於羅生門前吟出此句漢詩「氣霽風梳新柳髮」。

013

繁花燦開——
悲哉，我居然無法
打開我的詩囊

☆花にあかぬ嘆きやこちの歌袋（1667）

hana ni akanu / nageki ya kochi no / utabukuro

譯註：花開而詩囊不開，不能及時迸出靈感，成詩詠之。可嘆矣！為 6-7-5 共十八音節之句。

014

　　賞罷垂櫻欲歸——
　　被垂落的枝條
　　纏住了腳

☆糸桜こや帰るさの足もつれ（1667）

itozakura / koya kaerusa no / ashi motsure

譯註：此詩為伊賀上野時代二十四歲芭蕉「貞門風」之作。垂櫻，
日語「糸桜」，又稱垂枝櫻樹、軟條櫻樹。

015

　　風一吹——
　　犬櫻抖縮如一隻夾著
　　尾巴逃走的狗

☆風吹けば尾細うなるや犬桜（1667）

kaze fukeba / obosōnaru ya / inuzakura

譯註：犬櫻，薔薇科落葉高木，櫻的一種，樹皮暗灰色，春天開密
密麻麻白色小花，因為長相欠佳而有此名。

016

浪花燦開——
雪又還原成水，
再度開花嗎？

☆波の花と雪もや水の返り花（1669）

nami no hana to / yuki mo ya mizu no / kaeribana

017

浮雲遠飄而去，
雁子與它
僅有之友生別……

☆雲とへだつ友かや雁の生き別れ（1672）

kumo to hedatsu / tomo ka ya kari no / ikiwakare

譯註：此詩為 6-7-5 共十八音節之句。

018

花討厭閒言閒語的
世間之口——更恨那
播散花瓣的風之口

☆花にいやよ世間口より風の口（1661-1672 間）

hana ni iya yo / sekenguchi yori / kaze no kuchi

譯註：此詩為寬文年間（1661-1672），芭蕉從伊賀上野移居江戶初
期之作。

019

見女郎花——
唯令我
謙卑，自卑

☆見るに我も折れるばかりぞ女郎花（1661-1672 間）

miru ni ga mo / oreru bakari zo / ominaeshi

譯註：此詩為寬文年間之作。女郎花是多年生草本植物，秋天時開
黃色小花，被許多人認為是最美之花。平安時代才女紫式部亦有一
首見女郎花後「自卑」的短歌——「女郎花的顏色，／我現在看到，
正是／最美最盛時——我深知／露珠知其與我／美醜有別……」（女
郎花盛りの色を見るからに露のわきける身こそ知らるれ）。

020

　　且傾杯——
　　杯下流菊華
　　長注朽木盆……

☆盃の下ゆく菊や朽木盆（1675）

sakazuki no / shita yuku kiku ya / kutsukibon

譯註：「朽木盆」是滋賀縣朽木地方江戶時代生產之漆盤，黑漆之盤上飾以朱漆菊花線條。日本古典名著《太平記》中敘有周穆王侍童「菊慈童」飲深山菊水長生不老之事。此詩以延壽之「菊」對應「朽」木，頗巧妙而具張力。

021

　　天秤兩端，京都
　　與江戶，分庭
　　抗禮：千代之春

☆天秤や京江戶かけて千代の春（1675）

tenbin ya / kyō edo kakete / chiyo no haru

譯註：江戶即今之東京。

022

　　廣表
　　武藏野，鹿鳴聲
　　一寸

☆武蔵野や一寸ほどな鹿の声（1675）

musashino ya / issun hodo na / shika no koe

譯註：武藏野，鄰江戶之廣大原野。

023

　　我仰望上蒼
　　所秘藏的梅花
　　一如仰望神

☆我も神のひさうや仰ぐ梅の花（1676）

ware mo kami no / hisō ya aogu / ume no hana

024

命也——僅餘
斗笠下
一小塊蔭涼

☆命なりわづかの笠の下涼み（1676）

inochi nari / wazuka no kasa no / shitasuzushimi

譯註：此詩前書「於佐夜中山」，描寫炎熱天裡越險要的「佐夜中山」坡道，所賴者唯笠下一小塊蔭影。佐夜中山（又稱小夜中山）在今靜岡縣掛川市附近，為「歌枕」（古來和歌中歌詠過的名勝、古跡）。平安末期短歌名家西行法師（1118-1190）有歌謂：「年たけてまた越ゆべしと思ひきや命なりけり佐夜の中山」（年邁之身／幾曾夢想能／再行此山路？／誠我命也，／越佐夜中山）。

025

把富士山之風
收於我扇中，當作
江戶土產！

☆富士の風や扇にのせて江戸土産（1676）

fuji no kaze ya / ōgi ni nosete / edo miyage

譯註：把富士山的風收納在手中扇裡，當做「伴手禮」，從江戶帶回家鄉，大手一揮，分享眾親。真是妙喻！為 6-7-5 共十八音節之句。

026

> 戀愛中的母貓
> 穿過崩塌的灶坑
> 幽會去了

☆貓の妻へついの崩れより通ひけり（1677）

neko no tsuma / hetsui no kuzure yori / kayoikeri

027

> 伐樹──凝視
> 殘餘露白的圓樹根：
> 今宵明月

☆木を切りて本口見るや今日の月（1677）

ki o kirite / motokuchi miru ya / kyō no tsuki

譯註：此詩寫於延寶五年（1677）中秋，芭蕉三十四歲之作。伐樹後，凝視新露出的、乳白的殘餘圓樹根──頭上剛好是一輪清澈的明月。

028

行雲疾疾而來，
小狗抬起腿尿尿——
一場陣雨突降

☆行く雲や犬の駆け尿村時雨（1677）

yuku kumo ya / inu no kakebari / murashigure

譯註：此詩甚妙、甚奇突，將驟雨比作狗撒尿，雖俗然而精準、有力，頗得「談林風」俳諧之趣。日語「村時雨」即陣雨、驟雨之意。

029

哎呀，幸好沒事！
昨天喝了
河豚湯

☆あら何ともなや昨日は過ぎて河豚汁（1677）

ara nanitomo na ya / kinō wa sugite / fukutojiru

譯註：此詩由 8-7-5 共二十個音節構成。

030

春天一到，
荷蘭商館館長同樣跪拜
於幕府將軍前

☆甲比丹もつくばはせけり君が春（1678）
kabitan mo / tsukubawasekeri / kimi ga haru

031

下雨天──圍著
劇院與妓院區堺町的
世間的秋天

☆雨の日や世間の秋を堺町（1678）
ame no hi ya / seken no aki o / sakaichō

譯註：此詩頗迷人、幽微，寫於延寶六年，是落腳江戶、詩名漸有
成的芭蕉三十五歲之作。堺町在江戶日本橋附近，是劇院、妓院、
酒館等聚集的繁華街區。「世間」為由梵文轉來之詞，每讓人興悲
喜、榮辱、成空輪替之聯想。是多憂的人世包圍著劇院與妓院等想
像／歡愉所建構的小世界，或者劇院與妓院等虛擬／瞬間的真實，
短暫淹覆了劇院與妓院外面（不免有愁的）「世間的秋天」？

032

　　以此俳句
　　迎我松尾桃青屋
　　俳諧之春！

☆発句也松尾桃青宿の春（1679）

hokku nari / matsuo tōsei / yado no haru

譯註：芭蕉於寬文十二年（1672）二十九歲之時，由故鄉伊賀上野往江戶發展，至延寶八年（1680）八年間多借住於門人處。慕李白之名，改自己俳號為「桃青」，於延寶六年（1678）取得「俳諧宗匠」資格，自立門戶。此詩寫於延寶七年，是振翅欲飛、意氣風發的三十六歲松尾芭蕉，充滿自信的「桃青俳諧屋」創業宣言。

033

　　荷蘭人也來
　　賞花——
　　馬背套了鞍

☆阿蘭陀も花に来にけり馬に鞍（1679）

oranda mo / hana ni kinikeri / umi ni kura

034

> 雨後歸途：且折斷
> 我們草鞋尾部或
> 折一枝──啊山櫻

☆草履の尻折りて帰らん山桜（1679）

zōri no shiri / orite kaeran / yamazakura

譯註：此詩有前書「雨後」，為延寶七年、芭蕉三十六歲之作。雨後穿草鞋走路，鞋子末尾每會濺起泥濘弄髒衣服。詩人幽默地說，雨後山中歸來，何妨將草鞋尾部折斷，成為「半草鞋」（日語「足半」），並且既然雨難免打落山櫻，就順便折一枝花留念吧（詩中「折」字，顯然一語雙關）。頗富「談林風」俳諧趣味的輕妙之句。

035

> 今宵明月──
> 蒼海之浪
> 洋溢酒香……

☆蒼海の浪酒臭し今日の月（1679）

sōkai no / nami sakekusashi / kyō no tsuki

036

今晨積雪——
園裡唯蔥葉冒出，
像小路標

☆今朝の雪根深を園の枝折哉（1679）

kesa no yuki / nebuka o sono no / shiori kana

037

啊春來了，
大哉春，
大哉大哉春……

☆於春々大哉春と云々（1680）

aa haru haru / ōinaru kana haru / to unnun

譯註：此詩為延寶八年元旦賀春之句。春天的美要怎麼述說？對於美麗的春天還有甚麼好說的？除了結結巴巴，反覆讚嘆其偉大。芭蕉故意用「無話」去講話，以無言對應春與生之大美。北宋畫家米芾（1051-1107）有〈孔子贊〉——「孔子孔子，大哉孔子。孔子以前，既無孔子。孔子以後，更無孔子。孔子孔子，大哉孔子。」芭蕉此詩似仿之。

038

醉臥花下——
我成了
「酒葫蘆」居士

☆花にやどり瓢箪斎と自らいへり（1680）

hana ni yadori / hyōtansai to / mizukara ieri

譯註：此詩為延寶八年，三十七歲芭蕉受追求新奇、滑稽之「談林派」俳風影響時期之作。

039

秋風——
蜘蛛啊，你用什麼樣的
聲音悲鳴？

☆蜘何と音をなにと鳴く秋の風（1680）

kumo nani to / ne o nani to naku / aki no kaze

040

月明
偷香——一隻蟲子
偷鑽入栗子裡

☆夜ル竊ニ虫は月下の栗を穿ツ（1680）
yoru hisokani / mushi wa gekka no / kuri o ugatsu
譯註：此詩由 6-6-6 共十八個音節構成。

041

愚以為，
冥土應當就是這個
樣子——秋暮

☆愚案ずるに冥土もかくや秋の暮（1680）
guanzuru ni / meido mo kaku ya / aki no kure

042

枯枝
寒鴉棲：
秋暮

☆枯朶に烏のとまりけり秋の暮（1680）

kareeda ni / karasu no tomarikeri / aki no kure

譯註：此詩取中國畫古來畫題「枯木寒鴉」，奪胎換骨而成。這首俳句譯成中文，字甚少，但日文原詩卻有 5-9-5、十九音節。

043

何處初冬陣雨？
僧人手提濕傘
信步返寺

☆いづく時雨傘を手に提げて帰る僧（1680）

izuku shigure / kasa o te ni sagete / kaeru sō

譯註：此詩為 6-8-5、十九音節之句。

044

狂風陣陣──柴門邊
掃落葉
煮茶

☆柴の戸に茶を木の葉掻く嵐哉（1680）

shiba no to ni / cha o konoha kaku / arashi kana

譯註：此詩有前書──「九年春秋，寂居繁華街市，今移居深川河畔。憶古人『長安古來名利地，空手無金行路難』句，至有所感，蓋自身貧寒故也」。所引「長安古來名利地……」，出自白居易〈送張山人歸嵩陽〉一詩。

045

寒夜水冰
凍愁腸──船櫓擊浪
聲聲催淚下

☆櫓の声波ヲ打つて腸凍ル夜や涙（1680）

ro no koe nami o utte / harawata kōru / yo ya namida

譯註：此詩前書「深川冬夜有感」，由10-7-5、二十二音節構成。全詩彷彿一首以日語寫就、吟誦出的悲戚漢詩──「櫓聲」、「波打」、「腸凍」──濃濃中國古詩味……

046

晨起雪紛紛，

獨嚼

鮭魚乾……

☆雪の朝独り干鮭を噛み得たり（1680）

yuki no ashita / hitori karazake o / kami etari

譯註：此詩前書「富家食肉，身強者吃菜根，而我貧也」（富家喰肌肉、丈夫喫菜根、予乏し），為 6-8-5、十九音節破格之句。這首延寶八年（1680）於深川隅田川畔他第一間芭蕉庵寫成的俳句，頗能吐露三十七歲的俳諧師芭蕉，貧而樂、獨居而自得的心境。

047

石枯

水枯──

冬日之感亦枯

☆石枯れて水しぼめるや冬もなし（1680）

ishi karete / mizu shibomeru ya / fuyu mo nashi

譯註：日文「しぼめ」（音 shibome），可寫成「萎め」，凋萎之意。此首詩化自蘇東坡〈後赤壁賦〉中「水落石出」一詞。

048

> 海藻間銀魚群聚，
> 伸手掬取——瞬間
> 全數閃逝……

☆藻にすだく白魚やとらば消えぬべき（1681）

mo ni sudaku / shirauo ya toraba / kienubeki

譯註：論者以為這首俳句顯示了芭蕉企圖脫離強調語言詼諧與機智、雙關的「談林派」俳風，轉而追求抒寫眼前銀魚真情的「新傾向」之作。

049

> 艷極、燦放的花——啊讓
> 和尚們坐不住，幾乎浮起來，
> 太太們也自動溜滑、輕佻……

☆盛りぢや花に坐浮法師ぬめり妻（1681）

sakarijiya hana ni / sozoro ukibōshi / numerizuma

譯註：在芭蕉近千首俳句中，此詩是極特殊的一首。長度亦特殊，8-8-5 共二十一個音節。

050

植芭蕉一株——
恨見一旁冒出
荻草兩株

☆ばせを植ゑてまづ憎む荻の二葉哉（1681）

bashō uete / mazu nikumu ogi no / futaba kana

譯註：此詩前書「李下贈芭蕉」。延寶九年（1681）春，芭蕉門人李下贈芭蕉一株，植於深川草庵庭中。此樹所需養料幸未全被荻草奪去，遂有往後芭蕉庵與詩人芭蕉之命名。

051

布穀鳥啊，
麥子在招喚你嗎，
穗花搖曳……

☆郭公招くか麦のむら尾花（1681）

hototogisu / maneku ka mugi no / muraobana

譯註：日語「郭公」即布穀鳥，又名閑古鳥。

052

> 梅雨季：
>
> 鶴的腳，變
>
> 短了

☆五月雨に鶴の足短くなれり（1681）

samidare ni / tsuru no ashi / mijikaku nareri

譯註：此詩同樣為十七音節俳句，但由 5-5-7 音節構成。日語「五月雨」，即陰曆五月的連綿梅雨。

053

> 笨笨地，在暗處
>
> 想抓螢火蟲
>
> 卻抓到荊棘……

☆愚に暗く茨を掴む蛍かな（1681）

gu ni kuraku / ibara o tsukamu / hotaru kana

054

手持紙燭

茅廁邊——夕顏花

此夜何其白

☆夕顔の白ク夜ノ後架に紙燭とりて（1681）

yūgao no shiroku / yoru no kōka ni / shisoku torite

譯註：紙燭，將紙撚浸上油的照明器具，類似油燈。此首為 8-7-6、二十一音節「破調」句。

055

秋風狂吹芭蕉葉，

一夜忙聽

漏雨敲盆罐

☆芭蕉野分して盥に雨を聞く夜哉（1681）

bashō nowaki shite / tarai ni ame o / kiku yo kana

譯註：此詩前書「茅舍有感」，化用了杜甫〈茅屋為秋風所破歌〉「八月秋高風怒號，卷我屋上三重茅……床頭屋漏無乾處，雨腳如麻未斷絕」，以及蘇東坡〈連雨江漲〉中之「床床避漏幽人屋」等句。

056

貧山寺之鍋
霜降而自鳴
聲聲寒

☆貧山釜霜に鳴く声寒し（1681）

hinzan no / kama shimo ni naku / koe samushi

譯註：傳說中國豐山有九鐘，霜降而自鳴。《山海經・中山經》謂豐山「有九鐘焉，是知霜鳴」；唐朝喬潭〈霜鐘賦〉謂「南陽豐山，有九鐘焉，霜降則鳴，斯氣感而應也」。芭蕉將《山海經》豐山鐘故事通俗化，將「豐山」降為「貧山」，將「鐘」改為「釜」。貧山即貧寺，芭蕉草庵自況也。

057

偃鼠止渴
飲冰——入喉
刺痛……

☆氷苦く偃鼠が咽をうるほせり（1681）

kōri nigaku / enso ga nodo o / uruoseri

058

　　梅與柳——
　　一個是美少年
　　一個是女人

☆梅柳さぞ若衆かな女かな（1682）

ume yanagi / sazo wakashu kana / onna kana

譯註：日文「さぞ」（音 sazo），如是、想必是之意。「若衆」（わか
しゅ：音 wakashu），年輕小伙子之意。

059

　　那艷麗的男僕
　　在花前唱著
　　流行的弄齋小調

☆艷ナル奴今様花に弄斎ス（1682）

ennaru yakko / imayō hana ni / rōsai su

譯註：日文原詩中「弄斎」（ろうさい）即「弄斎節」（ろうさいぶ
し，音 rōsaibushi），一種江戶初期流行的歌謠。譯詩中「花前」（花
に：hana ni），殆指眾人賞花時。

060

對著牽牛花
吃早餐的男人──
這就是我啊

☆朝顔に我は飯食ふ男哉（1682）

asagao ni / ware wa meshi kū / otoko kana

譯註：此詩前書「和角蓼螢句」，是芭蕉對門人其角所寫的一首以螢
火蟲為材之俳句的回應。其角為富家子弟，延寶二年（1674）十四
歲時入芭蕉門，是芭蕉最早的門人。他是蕉門中的「花花公子」，喜
喝酒，夜夜放蕩。芭蕉在此詩中直陳自己日常生活之平凡，以此促
其角有所反省。其角的原句張狂、異常，一如其人──「草の戶に
我は蓼食ふ螢哉」（草門之內／一隻螢火蟲大嚼蓼草──／這就是我
啊）。

061

八月十四——
明日即屆不惑，
今宵仍三十九歲之童

☆月十四日今宵三十九の童部（1682）

tsuki jūyokka / koyoi sanjūku no / warabe

譯註：此詩為天和二年（1682），芭蕉三十九歲之作。月至八月十五
方為滿月，人至四十方不惑，今宵八月十四，所以芭蕉自嘲說自己
仍有惑，仍是孩童！

062

髭鬚
吹風——
暮秋悲嘆者是誰人？

☆髭風ヲ吹いて暮秋嘆ズルハ誰ガ子ゾ（1682）

hige kaze o fuite / boshū tanzuru wa / ta ga ko zo

譯註：此詩前書「憶老杜」，由 8-8-4、二十音節構成，屬「破調」
句。杜甫〈白帝城最高樓〉有「杖藜嘆世者誰子」句，白居易〈初
貶官過望秦嶺〉有「無限秋風吹白鬚」句。

063

> 今夜當見雪落——
> 我的被子如此重
> 彷彿吳天雪壓

☆夜着は重し吳天に雪を見るあらん（1682）

yogi wa omoshi / goten ni yuki o / miru aran

譯註：北宋僧人可士，有〈送僧〉詩——「一缽即生涯，隨緣度歲
華。是山皆有寺，何處不為家！笠重吳天雪，鞋香楚地花。他年訪
禪室，寧憚路岐賒。」芭蕉在此詩中借異國「吳天雪」寫眼前之天
寒。

064

> 新年第一天——
> 秋暮愁思
> 襲我……

☆元日や思えばさびし秋の暮（1683）

ganjitsu ya / omoeba sabishi / aki no kure

譯註：此詩前書「歲旦」，寫於天和三年（1683）元旦，芭蕉四十
歲。此詩頗奇，新年第一天，開春之日，而秋暮愁思竟起！是人生
四十已老兮？

065

　　垂首入眠的嬌柳
　　──黃鶯
　　是她的魂嗎？

☆鶯を魂にねむるか嬌柳（1683）

uguisu o / tama ni nemuru ka / taoyanagi

譯註：莊周夢中化蝶翻飛，而芭蕉此詩中嬌柳垂眠，魂逸入黃鶯。

066

　　憂患浮世
　　花燦開：我的酒
　　濁白，飯黑……

☆花にうき世我が酒白く飯黒し（1683）

hana ni ukiyo / waga sake shiroku / meshi kuroshi

譯註：此詩前書「憂方知酒聖，貧始覺錢神」──為白居易〈江南
謫居十韻〉一詩中之句。酒白、飯黑，生活誠貧也。

067

燒香，淨耳——
如今可聞
布穀鳥啼了……

☆清く聞かん耳に香焼いて郭公（1683）
kiyoku kikan / mimi ni kō taite / hototogisu

068

桑椹的果實——
以其汁為無花可採的
蝴蝶的遁世酒

☆椹や花なき蝶の世捨酒（1683）
kuwa no mi ya / hana naki chō no / yosutezake

譯註：日文原詩首字「椹」，即「桑の実」（くわのみ：kuwa no mi），桑椹之意。日語「桑門」即僧門，入桑椹果實之門，飲「世捨酒」（遁世酒）的蝴蝶，即捨世之人哉。這首「談林風」猶存的俳句，是芭蕉人生觀轉捩點的標示。

069

馬蹄達達達達而過……
在畫中我看到
自己——夏日野外

☆馬ぼくぼくわれを絵に見る夏の哉（1683）
uma bokuboku / ware o e ni miru / natsuno kana

譯註：此詩為「畫贊」，畫中騎馬之人即為芭蕉自己。

070

雪珠聲聲入耳——
一如古柏
我身依然故我

☆霰聞くやこの身はもとの古柏（1683）
arare kiku ya / kono mi wa moto no / furugashiwa

譯註：此詩寫於天和三年（1863），前書「芭蕉庵再建」。最初的芭蕉庵因天和二年（1862）十二月二十八日江戶大火而燒毀。翌年九月，門人、好友開始募款，於深川元番所森田惣左衛門住處興建了第二次的芭蕉庵，冬天時移入。為 6-7-5 共十八音節之句。

071

　　醒來，醒來，

　　和我做朋友——

　　睡夢中的蝴蝶！

☆起きよ起きよ我が友にせん寝る胡蝶（1681-1683 間）

okiyo okiyo / waga tomo ni sen / nuru kochō

譯註：此詩與下一首，皆呼喚了莊周所夢之蝶。為 6-7-5、十八音節之句。

072

　　蝴蝶啊，蝴蝶，

　　唐土的俳句

　　什麼樣貌？

☆蝶よ蝶よ唐土の俳諧問はん（1681-1683 間）

chō yo chō yo / morokoshi no / haikai towan

譯註：此詩前書「朝顏寢言」，為 6-5-7、十八音節之句。日語「唐土」即中國。

073

　　穿著短外套，

　　揮著刀，因櫻花

　　而醉的女子……

☆花に酔へり羽織着て刀さす女（1681-1683 間）

hana ni eeri / haori kite katana / sasu onna

074

　　朝顏之花凋時

　　當付之一笑

　　或悲泣？

☆笑ふべし泣くべしわが朝顏の凋む時（1681-1683 間）

waraubeshi nakubeshi / waga asagao no / shibomu toki

譯註：此詩前書「朝顏夢囈」。日語「朝顏」即牽牛花。為 9-7-5 共
二十一音節之句。

075

　　即便在雪中
　　畫顏花剛勇不枯
　　──正如日光

☆雪の中は昼顔枯れぬ日影哉（1681-1683 間）

yuki no naka wa / hirugao karenu / hikage kana

譯註：此詩前書「畫顏剛勇」。日語之「昼顏」為花名，中文稱籬天
劍或打碗花，乃旋花科多年生草本，自生於路邊、原野等地。

076

　　搗米的男子，熱天
　　畫顏花下休息待汗涼
　　──啊，讓人動容

☆昼顔に米搗き涼むあはれなり（1681-1683 間）

hirugao ni / kome tsuki suzumu / aware nari

譯註：日語「あはれ」（哀れ：音 aware），有哀憐、情趣、深切感
動等意。

077

白菊啊白菊
你那長髮長髮——
壽長之恥啊

☆白菊よ白菊よ恥長髮よ長髮よ（1681-1683 間）
shiragiku yo shiragiku yo / haji nagakami yo / nagakami yo

譯註：吉田兼好《徒然草》引《莊子》之語說「命長ければ恥多し」
（命長則恥多），已成日本諺語。《莊子·天地篇》有「堯曰：多男
子則多懼，富則多事，壽則多辱」之語。相應於詩中的髮長，這首
俳句由 10-7-5，共二十二音節構成，也是特別長。

078

黑森林——
你如此號稱，但今晨
白雪滿目

☆黑森をなにといふとも今朝の雪（1681-1683 間）
kuromori o / nani to iu tomo / kesa no yuki

譯註：此詩前書「黑森」。奧州地方有好幾處黑森林，此處所寫為位
於羽前西田川郡者。

69

079

布穀鳥鳴唱⋯⋯
今世再無詠之
嘆之的俳諧詩人

☆ほととぎす今は俳諧師なき世かな（1681-1683 間）

hototogisu / ima wa haikaishi / naki yo kana

譯註：布穀鳥，古來每多俳句詩人詠嘆之。

080

立春：
五升舊米
過新年⋯⋯

☆春立つや新年ふるき米五升（1684）

haru tatsu ya / shinnen furuki / kome goshō

081

如此好手藝的
海苔湯——當見最好的
淡藍色碗盛之

☆海苔汁の手際見せけり浅黄椀（1684）

norijiru no / tegiwa misekeri / asagiwan

譯註：此詩前書「在淺草千里家」。千里即芭蕉門人苗村千里。為後
來芭蕉《野曝紀行》之旅的同行者。淺草是海苔的著名產地。日文
原詩中之「淺黃」，即「淺蔥」（あさぎ：asagi），淡藍色之意。

082

梅雨季——
葵花面朝
日光道

☆日の道や葵傾く五月雨（1684）

hi no michi ya / aoi katamuku / satsukiame

71

083

荒野曝屍
寸心明，寒風
刺身依然行！

☆野ざらしを心に風のしむ身哉（1684）

nozarashi o / kokoro ni kaze no / shimu mi kana

譯註：此詩前書「貞享甲子秋八月，離江畔破屋啟程，風聲蕭瑟，寒氣逼人」，是芭蕉於貞享元年（1684）開始寫的俳文遊記《野曝紀行》中的首句，作於該年八月臨行前，是年芭蕉四十一歲。江畔破屋指深川隅田川畔芭蕉庵。此次旅程由門人苗村千里陪同，從江戶出發，沿東海道到伊勢，回家鄉伊賀，往吉野、大垣、尾張、名古屋，年末再度回鄉，後歷奈良、京都、大津、熱田、名古屋等地，於次年四月底回到江戶，前後九個月。《野曝紀行》是芭蕉最早的紀行文，完成於 1685 年下半年。「野曝」意謂此行險多，準備曝屍荒野。日語「野ざらし」，即「野晒し」（のざらし：nozarashi），曝晒在荒野任憑風吹雨打之意。

084

浪居十秋，
卻指江戶是
故鄉……

☆秋十年却って江戶を指す故鄉（1684）

aki totose / kaette edo o / sasu kokyō

譯註：此詩為《野曝紀行》中的第二句，向送行門人表達暫別江戶
之致意句（挨拶吟）。賈島〈渡桑乾〉一詩謂「客舍并州已十霜，歸
心日夜憶咸陽，無端更渡桑乾水，卻望并州是故鄉」。

085

陣雨霧濃──
富士山此日不見，
妙哉

☆霧時雨富士を見ぬ日ぞ面白き（1684）

kirishigure / fuji o minu hi zo / omoshiroki

譯註：此詩收於《野曝紀行》，前書「越關日降雨，山盡隱於雲中」。

086

　　雲霧合工──

　　瞬息間

　　百景盡出……

☆雲霧の暫時百景を尽しけり（1684）

kumo kiri no / zanji hyakkei o / tsukushikeri

譯註：此詩描寫雲霧繚繞之富士山千變萬化之景，收於《芭蕉句選
拾遺》一書。

087

　　悲聞猿聲的詩人啊

　　這秋風中的棄兒

　　又該如何？

☆猿を聞く人捨子に秋の風いかに（1684）

saru o kiku hito / sutego ni aki no / kaze ikani

譯註：此詩收於《野曝紀行》，前書「富士川的棄兒」。芭蕉行過富士川時，見一哭聲黯然之約三歲棄兒。諸多中國古代詩人寫過聞猿聲之句──李白〈下江陵〉「朝辭白帝彩雲間，千里江陵一日還，兩岸猿聲啼不住，輕舟已過萬重山」；杜甫〈秋興八首之二〉「夔府孤城落日斜，每依北斗望京華，聽猿實下三聲淚，奉使虛隨八月槎……」；白居易〈舟夜贈內〉「三聲猿後垂鄉淚，一葉舟中載病身，莫憑水窗南北望，月明月暗總愁人」……

088

　　路旁木槿花開，

　　我的馬嘴開開

　　一口吞了它

☆道の辺の木槿は馬に喰われけり（1684）

michi no be no / mukuge wa uma ni / kuwarekeri

譯註：此詩收於《野曝紀行》，前書「馬上吟」。

75

089

馬背上馳夢——
夢斷，月遠，
茶煙淡淡起……

☆馬に寝て残夢月遠し茶の煙（1684）

uma ni nete / zanmu tsuki tōshi / cha no keburi

譯註：此詩收於《野曝紀行》，前書「陰曆二十餘之月，望之朦朧，山麓昏暗，馬上垂鞭，數里未聞雞鳴。忽驚杜牧〈早行〉殘夢，小夜中山已至……」。杜牧〈早行〉一詩謂「垂鞭信馬行，數里未雞鳴，林下帶殘夢，葉飛時忽驚」。

090

晦日，月無光，
狂風抱擁
千歲杉

☆晦日月なし千歳の杉を抱く嵐（1684）

misoka tsuki nashi / chitose no sugi o / daku arashi

譯註：此詩收於《野曝紀行》，前書「日暮參拜外宮，華表微暗，御燈處處，頂峰上之松風深染我身，撼動我心」。外宮，指在伊勢的豐受大神宮。

091

啊，洗芋女——
詩人西行若在，
當有歌詠哉

☆芋洗ふ女西行ならば歌よまん（1684）

imo arau onna / saigyō naraba / uta yoman

譯註：此詩收於《野曝紀行》，前書「西行谷中有流水，見數女子洗
山芋」。西行谷在伊勢神路山南面，傳說為詩人西行（1118-1190）
先前隱居之地。

092

庭隅薔蘿增色，
竹子四、五枝
舞動秋風

☆蔦植ゑて竹四五本の嵐哉（1684）

tsuta uete / take shigohon no / arashi kana

譯註：此詩收於《野曝紀行》，前書「訪閑人茅舍」。閑人為離俗清
閒之隱居者，指伊勢俳人盧牧（1628-1706）。

093

蝴蝶早愛蘭蔻牌
香精——她用
蘭香薰翅膀

☆蘭の香や蝶の翅に薫物す（1684）

ran no ka ya / chō no tsubasa ni / takimono su

譯註：此詩收於《野曝紀行》，前書「是日歸途中，入一茶店小憩，有一名為『蝶』之女子拿出一白色絲巾，索求與其名有關之俳句，遂寫此句」。此女可能為一風塵女子。此詩直譯大約是「蘭香是蝶翅的薰物……」，或者「蘭香薰蝶翼……」。

094

亡母白髮如秋霜——
捧在我手，
化作熱淚……

☆手に取らば消えん涙ぞ熱き秋の霜（1684）

te ni toraba kien / namida zo atsuki / aki no shimo

譯註：此詩收於《野曝紀行》，寫芭蕉返回家鄉伊賀上野，拜亡母白髮，由8-7-5共二十音節構成。

095

僧侶與牽牛花

幾度生死輪迴——

法松依然在焉

☆僧朝顔幾死に返る法の松（1684）

sō asagao / iku shinikaeru / nori no matsu

譯註：此詩收於《野曝紀行》，寫奈良二上山當麻寺千歲松。「法松」
指與佛結緣、長壽之松。

096

宿坊的女眷啊，敲打

擣衣之砧

讓我聞聲解愁吧

☆砧打ちて我に聞かせよや坊が妻（1684）

kinuta uchite / ware ni kikaseyo ya / bō ga tsuma

譯註：此詩收於《野曝紀行》，前書「借宿某寺院一夜」。

097

　　願以滴答如露墜
　　岩間清水，
　　洗淨浮世千萬塵

☆露とくとく試みに浮世すすがばや（1684）

tsuyu tokutoku / kokorimi ni ukiyo / susugabaya

譯註：此詩收於《野曝紀行》，前書「西行上人草庵遺址，從奧院右
方撥草前行約二町，今僅餘樵夫出入之小徑，草庵前險谷相隔，清
水滴答，至今依舊汩汩滴落岩間」。此岩間清水有「苔清水」之名。

098

　　野行至今未
　　曝屍，懸命立
　　秋暮

☆死にもせぬ旅寝の果てよ秋の暮（1684）

shini mo senu / tabine no hate yo / aki no kure

譯註：此詩收於《野曝紀行》，前書「夜泊大垣，宿木因家。從武藏
野出發時，曝屍旅途荒野之心已決」。木因，谷氏，大垣蕉門重
鎮，為船運商。

099

　　多刺耳啊，濺灑在

　　我檜木笠上

　　雪珠的聲音……

☆いかめしき音や霰の檜木笠（1684）

ikameshiki / oto ya arare no / hinokigasa

譯註：此詩為貞享元年《野曝紀行》旅途中所作，見於《真蹟短冊》，而未收於《野曝紀行》中。

100

　　雪珠大小落……

　　三味線夜響，彷彿

　　潯陽江頭聞琵琶

☆琵琶行の夜や三味線の音霰（1684）

biwakō no / yo ya samisen no / oto arare

譯註：此詩為貞享元年《野曝紀行》旅途中，芭蕉於大垣門人如行住處聽三味線演奏後所作，見於《後之旅》一書，而未收於《野曝紀行》中。三味線，一種三弦的日本傳統樂器。白居易名作〈琵琶行〉是此詩靈感源頭——「大弦嘈嘈如急雨，小弦切切如私語，嘈嘈切切錯雜彈，大珠小珠落玉盤……」。

101

拂曉微明：
銀魚
一寸白

☆明けぼのや白魚白きこと一寸（1684）

akebono ya / shirauo shiroki / koto issun

譯註：此詩收於《野曝紀行》，前書「天光猶未明時去海邊」，描寫一寸長（或短！）小銀魚，亮度、溫度（冷度）鮮明在焉，甚為可愛，讓人想起杜甫的五絕〈小白〉——「白小群分命，天然二寸魚……」。

102

今朝雪明亮，
馬兒也好奇
看著呢

☆馬をさへ眺むる雪の朝哉（1684）

uma o sae / nagamuru yuki no / ashita kana

譯註：此詩收於《野曝紀行》，前書「見旅人」。

103

摧枯寒風

吟狂句，此身

放浪似竹齋

☆狂句木枯の身は竹斎に似たる哉（1684）

kyōku kogarashi no / mi wa chikusai ni / nitaru kana

譯註：此詩收於《野曝紀行》，前書「往名古屋途中吟」，為 8-7-5、
二十音節之句。竹齋是江戶時代富山道治滑稽小說《竹齋》中的主
人翁，為一江湖郎中，作風怪誕，好吟狂歌，四處行醫。此詩亦收
於 1684 年 11 月《野曝紀行》旅途中，芭蕉在名古屋與野水、荷兮、
重五、杜國、正平等完成的「尾張五歌仙」《冬之日》連句集，是
這本確立了俳壇「蕉風」的劃時代詩集裡的開頭之句，蕉門俳諧革
命第一聲。

104

以草為枕露宿──
一條狗也在冬夜陣雨裡
抽抽搭搭吠不停

☆草枕犬も時雨るるか夜の声（1684）

kusamakura / inu mo shigururu ka / yoru no koe

譯註：此詩收於《野曝紀行》，名古屋途中所作，亦收於蕉門連句集
《冬之日》。

105

市街之人啊，
來買我頭上斗笠吧──
雪亮亮的傘哪

☆市人よこの笠売らう雪の傘（1684）

ichi bito yo / kono kasa urō / yuki no kasa

譯註：此詩收於《野曝紀行》，前書「漫步賞雪」。

106

雪與雪互相輝映
——今宵彷彿
十二月裡的中秋

☆雪と雪今宵師走の名月か（1684）

yuki to yuki / koyoi shiwasu no / meigetsu ka

譯註：此詩為貞享元年《野曝紀行》旅途中，芭蕉於名古屋門人杜國住處所作。杜國當時尚未被判處流刑。此詩見於《笈日記》，而未收於《野曝紀行》中。日文「師走」（音 shiwasu），陰曆十二月、臘月。

107

海暗了，
鷗鳥的叫聲
微白

☆海暮れて鴨の声ほのかに白し（1684）

umi kurete / kamo no koe / honoka ni shiroshi

譯註：此詩收於《野曝紀行》，前書「海邊日暮」，為芭蕉名句。芭蕉驅使「聯覺」（通感）技巧，以聲音表現顏色。是一首同樣為十七音節，但由 5-5-7 音節構成的俳句。

108

　　一年又過──
　　手拿斗笠，
　　腳著草鞋

☆年暮れぬ笠着て草鞋はきながら（1684）

toshi kurenu / kasa kite waraji / haki nagara

譯註：此詩收於《野曝紀行》，前書「隨處解草鞋，捨手杖，旅途漫漫，又逢歲暮」。以簡單的斗笠、草鞋，安步於自我之道。這樣的淡泊、自在，很陶淵明，也很「道」家！

109

　　浪跡在外的烏鴉──
　　它的老巢變成
　　一棵梅樹

☆旅烏古巣は梅になりにけり（1685）

tabigarasu / furusu wa ume ni / narinikeri

譯註：此詩為貞享二年正月《野曝紀行》途中，芭蕉於回到故鄉伊賀上野後所作。此詩見於《蕉翁全傳》，而未收於《野曝紀行》中。

110

　　啊春來了，
　　看那無名山上的
　　薄霧⋯⋯

☆春なれや名もなき山の薄霞（1685）

haru nare ya / na mo naki yama no / usugasumi

譯註：此詩收於《野曝紀行》，前書「往奈良路上」。

111

　　冰冷的夜裡
　　汲水──和尚的
　　木屐聲⋯⋯

☆水取りや氷の僧の遲の音（1685）

mizu tori ya / kōri no sō no / kutsu no oto

譯註：此詩收於《野曝紀行》，前書「二月堂籠居」。二月堂在奈良
東大寺。

112

　　梅花如此白──
　　昨天白鶴被
　　偷了嗎？

☆梅白し昨日や鶴を盗まれし（1685）

ume shiroshi / kinō ya tsuru o / nusumareshi

譯註：此詩收於《野曝紀行》，前書「往京都，訪三井秋風鳴瀧山家
梅林」。白居易〈花樓望雪命宴賦詩〉一詩有句「偷將虛白堂前鶴，
失卻樟庭驛後梅」。

113

　　願露水從
　　伏見的桃花滴下
　　染我衣……

☆わが衣に伏見の桃の雫せよ（1685）

waga kinu ni / fushimi no momo no / shizuku seyo

譯註：此詩收於《野曝紀行》，前書「在伏見西岸寺逢任口上人」。
伏見在京都，以桃聞名。任口上人為西岸寺住持，亦俳人也。

114

山路上，何物
惹人憐──
啊，紫羅蘭

☆山路来て何やらゆかし菫草（1685）

yamaji kite / naniyara yukashi / sumiregusa

譯註：此詩收於《野曝紀行》，前書「前往大津，越過山路」。大津，今滋賀縣首府，位於琵琶湖西南岸。

115

她在桶中插好一枝枝
杜鵑花──花陰下
撕鱈魚乾

☆躑躅生けてその陰に干鱈割く女（1685）

tsutsuji ikete / sono kage ni / hidara saku onna

譯註：此詩有前書「在一旅店用午餐休息」，為貞享二年《野曝紀行》旅途中於琵琶湖附近所作，見於《泊船集》一書，而未收於《野曝紀行》中。

116

油菜田裡
煞有介事賞花品花的
麻雀

☆菜畠に花見顔なる雀哉（1685）

nabatake ni / hanamigao naru / suzume kana

譯註：此詩前書「吟行」，為貞享二年《野曝紀行》旅途中，芭蕉在伊賀上野附近與同鄉、門人服部土芳（1657-1730）同吟時所作，見於《泊船集》，而未收於《野曝紀行》中。

117

廿年異地重逢
兩命之間
一場櫻花人生

☆命二つの中に生きたる桜哉（1685）

inochi futatsu no / naka ni ikitaru / sakura kana

譯註：此詩收於《野曝紀行》，前書「在水口，逢闊別二十年之故人」。此故人即同鄉服部土芳。芭蕉回鄉時，他在播磨，回鄉後又一路往京都追尋芭蕉，在水口意外重逢。土芳有俳論《三冊子》，闡述芭蕉「不易、流行」之說，是伊賀蕉門第一人。此詩為 7-7-5 共十九音節之句。

118

船也有慢下
休息時——如果海岸上
桃花一整片

☆船足も休む時あり浜の桃（1685）

funaashi mo / yasumu toki ari / hama no momo

譯註：此詩前書「鳴海灣眺望」，為貞享二年芭蕉《野曝紀行》之旅
中於鳴海所作。見於《船庫集》，而未收於《野曝紀行》中。日語
「船足」即船速。

119

杜若花開——
開出我心中
一首新俳！

☆杜若われに発句の思ひあり（1685）

kakitsubata / ware ni hokku no / omoi ari

譯註：此詩為貞享二年四月四日《野曝紀行》旅途中，芭蕉在尾張
鳴海俳人下里知足住處連吟時所作，見於《俳諧千鳥掛》，而未收於
《野曝紀行》中。

91

120

　　有幸結伴行

　　且嚼麥穗充飢

　　以草為枕

☆いざともに穂麦喰はん草枕（1685）

iza tomo ni / homugi kurawan / kusamakura

譯註：此詩收於《野曝紀行》，前書「有伊豆國蛭小島之僧，去年秋即於行腳中，聞我之名，願於旅途相伴，隨我至尾張國」。

121

斷我蝴蝶之翼如
斷袖，作你
白罌粟花祭彩旗

☆白芥子に羽もぐ蝶の形見哉（1685）

shirageshi ni / hane mogu chō no / katami kana

譯註：此詩收於《野曝紀行》，前書「贈杜國」，直譯大約是「為白
罌粟花／蝴蝶斷翼／留下紀念物」。杜國（1657-1690）為芭蕉愛徒，
本名坪井莊兵衛，為名古屋富裕米商。貞享元年（1684）冬，杜國
參加了芭蕉《野曝紀行》途中在名古屋舉行的俳句會，讓芭蕉對其
貌、其才一見傾心，立刻收其為徒。翌年（1685）四月，芭蕉在回
江戶途中再逢杜國，臨別以此詩相贈──四十二歲的芭蕉以白罌粟
花比二十九歲的杜國，以蝶自喻，斷翼／斷袖，心不分離，頗富
「同志」艷色。八月，杜國因買空賣空米糧涉罪，家產充公，遭流放
三河國（今愛知縣）。貞享四年（1687）十一月《笈之小文》之行途
中，芭蕉至三河國保美杜國隱居處訪之。翌年（1688）三月杜國伴
芭蕉於《笈之小文》吉野等旅途，自號「萬菊丸」。元祿三年
（1690），杜國在三河國以三十四歲之齡去世。（芭蕉與杜國有關之
作，另見本書 106、163、164、187、188 等首）。

122

> 牡丹花深處，
> 一隻蜜蜂
> 歪歪倒倒爬出來哉

☆牡丹蘂深く分け出づる蜂の名残かな（1685）

botan shibe fukaku / wakeizuru hachi no / nagori kana

譯註：此詩收於《野曝紀行》，為 8-8-5、二十一音節之句，前書「又宿桐葉子家，將下關東」。桐葉子是芭蕉在熱田地區的門人。此詩中，採花的蜜蜂自牡丹花深處饜足而出（或說過分饜足，因為它樂不可支，必須用「爬」的呢）——形象生動，含意深遠。芭蕉用幽默愉快的語調顯現對充滿情愛、情趣的大自然的禮讚。整個宇宙就是一間爭奇鬥艷的情趣用品店呢。

123

已換了夏衣——
身上蝨子還沒
抓乾淨呢

☆夏衣いまだ虱を取りつくさず（1685）

natsugoromo / imada shirami o / toritsukusazu

譯註：此詩收於《野曝紀行》，為此行最後之句，前書「陰曆四月末，回到草庵，解旅途疲乏」。江戶時代陰曆四月一日為「更衣日」，脫下棉袍，改穿夏衣。

124

雲，不時給
我們機會休息：
賞月，賞月……

☆雲折々人を休める月見かな（1685）

kumo oriori / hito o yasumeru / tsukimi kana

譯註：此詩有前書「終夜陰晴不定、讓人牽掛不安」。或為中秋時分之作。

125

舉杯如圓月，
今宵對飲
三人同一名

☆盃にみつの名を飲む今宵かな（1685）

sakazuki ni / mitsu no na o nomu / koyoi kana

譯註：此詩見於芭蕉的詩歌手稿（「真蹟懷紙」），為貞享二年中秋
夜，芭蕉在隅田川畔芭蕉庵「獨酌」之句。在前書中，芭蕉說有住
在附近靈岸島、名字同為「七郎兵衛」的三個人突然闖入草庵中，
他一時興起，戲仿李白〈月下獨酌〉寫下此輕快、有趣之句。李白
舉杯邀明月，對影成三人，芭蕉則舉杯如圓月，對面迸出三名不速
之客——三名同一名！

126

　　垂垂老矣，還能

　　送舊歲迎新，當在

　　可喜可賀者之列

☆目出度き人の数にも入らん老の暮（1685）

medetaki hito no / kazu ni mo iran / oi no kure

譯註：此詩寫於貞享二年（1685）歲暮，芭蕉即將由四十二歲變成
四十三歲，已臻「初老」之境（江戶時代，日本人平均壽命大約
五十歲）。對於自己尚能苟活，不自嘲自喜又如何？此詩前書「求
食，乞食，幸不餓死，又一年矣」，自略有誇張之嫌。

127

　　籬笆下細看──

　　啊，薺花

　　默默開……

☆よく見れば薺花咲く垣根かな（1686）

yoku mireba / nazuna hana saku / kakine kana

譯註：此詩為芭蕉貞享三年（1686）開春之句，頗有程顥「萬物靜
觀皆自得」之趣。薺為日本春之七草之一，其花很小，不顯眼，須
仔細看才會發現籬影下其美麗之小白花。

128

落地，
歸根——誠然
花式告別

☆地に倒れ根に寄り花の別れかな（1686）

chi ni taore / ne ni yori hana no / wakare kana

譯註：此詩前書「悼坦堂和尚」。

129

古池——
青蛙躍進：
水之音

☆古池や蛙飛びこむ水の音（1686）

furuike ya / kawazu tobikomu / mizu no oto

譯註：此詩大概為古往今來所有俳句中最有名者。貞享三年春，江戶蕉門弟子群聚芭蕉庵，舉行了以一場「蛙」為主題的俳句會，遂迸生出此詩。芭蕉從水聲領悟到微妙的詩境，把俳句帶入新的境界：在第一行，他給我們一個靜止、永恆的意象——古池；在第二行，他給我們一個瞬間、跳動的意象——青蛙，而銜接這動與靜，短暫和永恆的橋樑便是濺起的水聲了。這動靜之間，芭蕉捕捉到了大自然的禪味。

130

中秋圓月：

終夜——

繞池

☆名月や池をめぐりて夜もすがら（1686）

meigetsu ya / ike o megurite / yomosugara

譯註：這首寫於貞享三年八月十五夜之詩，可算是前一首「青蛙／古池」名句的變奏或姊妹作。躍入池的青蛙，變成繞池的圓月。這是芭蕉身心最充實的階段。

131

我所有者唯一

葫蘆——我

輕飄飄的世界

☆ものひとつ我が世は軽き瓢哉（1686）

mono hitotsu / waga yo wa karoki / hisago kana

譯註：「一葫蘆一世界」的這首俳句，呈現了芭蕉「清貧」的生活哲學，預示了其「輕」的詩歌美學。蕉風其清，其輕……

132

水寒──
鷗鳥無法
入眠

☆水寒く寝入かねたるかもめかな（1686）
mizu samuku / neiri kanetaru / kamome kana

133

寒夜冰裂
水甕，聲聲
碎我眠……

☆瓶割るる夜の氷の寝覚め哉（1686）
kame waruru / yoru no kōri no / nezame kana

譯註：此詩前書「寒夜」，作於貞享三年冬。夜寒水成冰，冰漲裂甕，擊破冬夜的靜寂……

134

初雪飄降——
何其幸啊，我
在我草庵

☆初雪や幸ひ庵にまかりある（1686）

hatsuyuki ya / saiwai an ni / makariaru

譯註：此詩寫於貞享三年十二月十八日，芭蕉心喜終見遲遲到來的
今年第一場雪。

135

初雪——
恰足以讓水仙花的
葉子彎身

☆初雪や水仙の葉のたわむまで（1686）

hatsuyuki ya / suisen no ha no / tawamu made

譯註：此詩寫於貞享三年十二月，芭蕉中期清新佳句之一。

136

夜雪紛飛──清酒
入肚，濁思
牽腸掛肚更加難眠

☆酒飲めばいとど寝られぬ夜の雪（1686）

sake nomeba / itodo nerarene / yoru no yuki

譯註：此詩前書「深川雪夜」，寫於貞享三年冬。

137

你生火，我
給你看好東西——
一個大雪球

☆君火を焚けよきもの見せん雪まるげ（1686）

kimi hi o take / yokimono misen / yukimaruge

譯註：此詩寫於貞享三年（1686）冬。芭蕉有俳文〈雪球〉記此
詩——「曾良某人，暫居附近，朝夕相訪。當我忙我事，他幫我劈
材，煮茶之夜，來敲我門。性好隱逸，乃斷金之交。一夜，冒雪來
訪。」曾良（1649-1710），本名岩波莊右衛門正字，通稱河合惣五
郎，信濃國諏訪人。貞享元年（1684）入芭蕉之門，居深川芭蕉庵
附近。他小芭蕉五歲，是芭蕉最信賴的弟子之一，芭蕉《奧之細道》
之旅的隨行者。此詩簡明、可愛，亦帶「男男愛」之趣。元祿二年
（1689）《奧之細道》之旅中，伴隨的曾良因病先行他去，臨別與芭
蕉互吟出深情、堅毅的道別詩，亦甚感人（見本書 280 首）。

138

月與雪，誘我
耽溺風雅
——一年又盡

☆月雪とのさばりけらし年の暮（1686）

tsuki yuki to / nosabari kerashi / toshi no kure

139

新春第一天：
穿了新衣服的我
看起來像別人

☆誰やらがかたちに似たり今朝の春（1687）
tare yara ga / katachi ni nitari / kesa no haru

140

立春
方九日，春意
滿山野

☆春立ちてまだ九日の野山哉（1687）
haru tachite / mada kokonoka no / noyama kana

141

切莫忘了
草叢中
猶有梅開

☆忘るなよ藪の中なる梅の花（1687）

wasuruna yo / yabu no naka naru / ume no hana

142

來訪，君不在：
連探頭迎我的梅花
也開在鄰家牆上

☆留守に来て梅さへよその垣穂かな（1687）

rusu ni kite / ume sae yoso no / kakiho kana

譯註：芭蕉有俳文〈牆上之梅〉記此詩——「訪某人隱居處，主人恰外出參拜寺廟，老僕一人獨守其庵。忽見牆上之梅盛開，我云『花好似代主人迎客』，僕人答以『是鄰居牆上之梅也』。」

143

> 各自遊戲花間——
> 麻雀哥兒啊，
> 別把虻蟲吃了

☆花に遊ぶ虻な喰ひそ友雀（1687）

hana ni asobu / abu na kurai so / tomo suzume

譯註：此詩前書「物皆自得」。郭象注《莊子》，為〈逍遙遊〉一篇解題如下——「夫小大雖殊，而放於自得之場，則物任其性，事稱其能，各當其分，逍遙一也。」

144

> 櫻花濃燦如雲，
> 一瓣瓣的鐘聲，傳自
> 上野或者淺草？

☆花の雲鐘は上野か浅草か（1687）

hana no kumo / kane wa ueno ka / asakusa ka

譯註：此詩前書「草庵」，記深川草庵聞鐘聲之情景——花雲團團，讓鐘聲難辨。我們也分不清到底是聽到花之聲，還是看到鐘之花？芭蕉中期最高傑作之一。上野有寬永寺之鐘，淺草有淺草寺之鐘。

145

　　一天長又長，

　　啊雲雀唱又唱，

　　一天不夠長！

☆永き日も囀り足らぬひばり哉（1687）

nagaki hi mo / saezuri taranu / hibari kana

譯註：此詩與下一首詩皆寫於深川，為貞享四年春同一日之作。

146

　　田野中，

　　無拘無束──

　　雲雀啼唱

☆原中やものにもつかず啼く雲雀（1687）

haranaka ya / mono ni mo tsukazu / naku hibari

147

　　我想醉臥在
　　石竹花盛開的
　　石頭上⋯⋯

☆酔うて寝ん撫子咲ける石の上（1687）
youte nen / nadeshiko sakeru / ishi no ue
譯註：此詩前書「納涼」，貞享四年夏天之作。

148

　　昔日種瓜的你啊，
　　但願你也在此，與
　　我共納傍晚之涼

☆瓜作る君があれなと夕涼み（1687）
uri tsukuru / kimi ga are na to / yūsuzumi

149

梅雨季——
髮長，
臉青

☆髪生えて容顔青し五月雨（1687）

kami haete / yōgan aoshi / satsukiame

譯註：此詩前書「貧主自云」，寫於貞享四年夏，見於芭蕉的詩歌手稿。

150

細小的螃蟹
爬上我的腳——
清水涼哉

☆さざれ蟹足這ひのぼる清水哉（1687）

sazaregani / ashi hainoboru / shimizu kana

151

> 黑暗中點亮
> 紙燭——彷彿
> 閃電在握！

☆稲妻を手にとる闇の紙燭かな（1687）

inazuma o / te ni toru yami no / shisoku kana

譯註：此詩前書「寄李下」，李下為芭蕉在江戶的門人。

152

> 牽牛花——即便
> 不甚高明之手畫成，
> 也讓人愛憐

☆朝顔は下手の書くさへあはれなり（1687）

asagao wa / heta no kaku sae / aware nari

譯註：此詩為畫贊，有前書「嵐雪畫牽牛花，請我題詩」，為貞享四
年夏天之作。嵐雪即芭蕉門人服部嵐雪（1654-1707）。

153

月亮匆匆露臉——
樹梢上
葉片仍緊抱著雨水

☆月はやし梢は雨を持ちながら（1687）

tsuki hayashi / kozue wa ame o / mochinagara

譯註：此詩收於《鹿島紀行》（又稱《鹿島詣》），前書「拂曉，天稍晴，和尚催醒眾人出望。月光偶露，雨聲滴答……」。貞享四年（1687）八月十四日，芭蕉和門人曾良、宗波同赴鹿島，訪根本寺前住持佛頂和尚共賞中秋月，遂有此紀行文。中秋夜當夜遇雨，眾人還是詩興大發，此行中成詩多首。旅行結束後，芭蕉於八月二十五日完成此紀行文初稿。

154

一個農家子弟，
打穀打到一半
停下來——看月

☆賤の子や稲摺りかけて月を見る（1687）

shizu no ko ya / ine surikakete / tsuki o miru

譯註：此詩收於《鹿島紀行》，亦為此行中之作。

155

夜宿寺廟
素面
肅穆看月

☆寺に寝てまこと顔なる月見哉（1687）

tera ni nete / makotogao naru / tsukimi kana

譯註：此詩收於《鹿島紀行》，亦為此行中之作。

156

萩花原啊，讓
凶猛山犬也在你
花床睡一夜吧

☆萩原や一夜は宿せ山の犬（1687）

hagihara ya / hito yo wa yadose / yama no inu

譯註：此詩收於《鹿島紀行》，亦為此行中之作。

157

　　來一起聽
　　蓑蟲之音──我的
　　草庵寂然

☆蓑蟲の音を聞きに来よ草の庵（1687）

minomushi no / ne o kiki ni koyo / kusa no io

譯註：此詩為貞享四年秋，芭蕉於深川芭蕉庵所作。雖然清少納言
在《枕草子》裡描繪了蓑蟲的叫聲，但實際上蓑蟲並無叫聲。芭蕉
要他的友人來他的草庵同聽無聲之聲、靜寂之音嗎？

158

但願呼我的名為

「旅人」——

初冬第一場陣雨

☆旅人と我が名呼ばれん初時雨（1687）

tabibito to / waga na yobaren / hatsushigure

譯註：此詩收於《笈之小文》。貞享四年（1687）十月，芭蕉從江戶出發，經尾張到伊賀，回上野故里過年，翌年與門人杜國同往吉野、高野、和歌浦、奈良、大阪、須磨、明石等地，四月至京都。《笈之小文》即為此次旅行之紀錄。此詩為十月十一日餞別會上所作，為《笈之小文》中第一首俳句，有前書「陰曆十月初，天候不定，身如風中之葉，心不知何去從」。

159

請看星崎

黑黝黝的情趣──

千鳥齊鳴

☆星崎の闇を見よとや啼く千鳥（1687）

hoshizaki no / yami o miyo to ya / naku chidori

譯註：此詩收於《笈之小文》，前書「夜宿鳴海」。鳴海，在今名古
屋市內。星崎，為鳴海與熱田間的「歌枕」，為觀賞「千鳥」（中文
名為「珩」之鳥）的勝地。

160

旅次夜寒
二人同寢便覺
身頓心安

☆寒けれど二人寝る夜ぞ頼もしき（1687）

samukeredo / futari nuru yo zo / tanomoshiki

譯註：此詩寫於貞享四年十一月十日，收於《笈之小文》，前書「杜
國隱居於三河國保美之處，欲訪之，乃發信邀越人前來同行。自鳴
海順原路折返二十五里，夜宿吉田」。越人（1656-1736），本名越智
十藏，蕉門十哲之一，出身越後，後居尾張（名古屋），受雇於和服
衣料店為藝匠。二十九歲時（1684）入芭蕉門，為尾張蕉門重鎮。
在此《笈之小文》旅途中，陪芭蕉前往三河國訪同門杜國。他也是
芭蕉《更科紀行》之旅的同行者，貞享五年（1688）八月隨芭蕉經
木曾往更科，再返回江戶。又出現在《奧之細道》卷末，騎馬趕到
大垣為芭蕉送行。越人是美男子，時人讚其「美男飲水，顏如秋
月」。《笈之小文》旅途吉田之夜，芭蕉（44 歲）與越人（32 歲）
師徒兩男抵足同眠，相濡以沫，以此詩同框停格存證，羨煞
三百三十年來多少男女後學、「同」學。《笈之小文》另有芭蕉一詩
寫越人冬日酒醉騎馬（見本書 162 首）也極可愛。元祿元年（1688）
冬，芭蕉還有一詩憶此次三河國行兩人賞雪情景（見本書 230 首）。
《笈日記》中錄有本詩另一版本——「寒けれど二人旅寢はおもしろ
き」（旅次夜寒／二人同寢真真／快活好玩）。

161

冬日——
凍在馬背上
一個孤獨人影

☆冬の日や馬上に氷る影法師（1687）

fuyu no hi ya / bajō ni kōru / kagebōshi

譯註：此詩收於《笈之小文》，前書「天津繩手，田中有小道，冬日
海風吹來甚寒」，作於貞享四年十一月十一日，由吉田往保美路上。

162

馬背上墜落可矣
雪與沙會接住你——
酒醉醺然的你啊

☆雪や砂馬より落ちよ酒の酔（1687）

yuki ya suna / muma yori ochiyo / sake no yoi

譯註：此詩是貞享四年十一月十一日芭蕉在《笈之小文》旅途中所
作，前書「往伊良湖途中，越人酒醉騎馬」。是日，芭蕉與好酒的越
人從吉田趕往保美杜國居處。芭蕉此句寫越人酒醉馬上，戲謔中帶
著深深的親暱感。見於芭蕉的詩歌手稿，而未收於《笈之小文》中。

163

一鷹飛來眼前——
我心喜哉，
荒遠伊良湖崎

☆鷹ひとつ見付けてうれしいらご崎（1687）

taka hitotsu / mitsukete ureshi / iragozaki

譯註：此詩收於《笈之小文》，為貞享四年十一月十二日芭蕉在保美
訪杜國後之次日所作，前書「由保美村至伊良湖崎約一里，仍為三
河國之地，與伊勢隔海相對，不知《萬葉集》何以將之列為伊勢名
勝。在此海濱可拾貝殼做圍棋棋子，世稱『伊良湖白』。有一名為
『骨山』之丘，是獵鷹勝地，為自南海盡頭飛來之鷹初歇處。想及古
人有詠伊良湖鷹之歌，頓興味盎然，而一隻鷹忽至」。伊良湖崎在
愛知縣渥美半島西端，於此荒遠太平洋濱與愛徒重逢，芭蕉自是喜
不自勝，眼前所見鷹姿，恰是杜國俊影寫照，誠為一情景交融之動
人詩作。

164

果然如此——
殘破荒陋
寒酸寒霜屋……

☆さればこそ荒れたきままの霜の宿（1687）

sareba koso / aretaki mama no / shimo no yado

譯註：此詩收於《笈之小文》，為芭蕉訪愛徒杜國保美隱居處後所
作。

165

有趣啊
濛濛冬雨要變成了
霏霏雪……

☆面白し雪にやならん冬の雨（1687）

omoshiroshi / yuki ni ya naran / fuyu no ame

譯註：此詩是貞享四年十一月二十日芭蕉在《笈之小文》旅途中所
作，前書「在鳴海出羽守氏雲宅」。氏雲為熱海之刀匠，俳號「自
笑」。此詩見於芭蕉的詩歌手稿，而未收於《笈之小文》中。

166

聖潔神鏡
重新磨明亮——
雪花輝映

☆磨ぎなほす鏡も清し雪の花（1687）

togi naosu / kagami mo kiyoshi / yuki no hana

譯註：此詩收於《笈之小文》，為貞享四年冬之作，有前書「熱田神宮修復」。芭蕉曾於貞享元年（1684）冬詣此神宮，在《野曝紀行》中曾寫說「神社殘破，土牆倒塌，埋於草叢中」；後於貞享三年動工修復。三年之隔，芭蕉再訪，景象一新也。

167

來呀賞雪去，
直到滑跤倒地
橫生妙趣……

☆いざ行かん雪見にころぶ所まで（1687）

iza yukan / yukimi ni korobu / tokoro made

譯註：此詩收於《笈之小文》，為貞享四年十二月三日於名古屋門人夕道（風月堂孫助）住處賞雪會後所作。此詩另有一開頭略異、被視為定稿之版本——「いざさらば雪見にころぶ所まで」（啊，一起賞雪去，／直到滑跤倒地／橫生妙趣……）。

120

168

　　循幽香
　　尋梅──倉房簷前
　　啊花現

☆香を探る梅に蔵見る軒端哉（1687）

ka o saguru / ume ni kura miru / nokiba kana

譯註：此詩收於《笈之小文》，前書「出席某人連句會」，寫於名古屋俳人、富商防川之家──以「梅」與「倉房」意象讚其風雅、富裕兼具。

169

　　人在旅途──
　　忽見塵世家家戶戶
　　歲末大掃除

☆旅寝して見しや浮世の煤払ひ（1687）

tabine shite / mishi ya ukiyo no / susuharai

譯註：此詩收於《笈之小文》，前書「陰曆十二月過十日後，離名古屋，回故里去矣」。日本江戶時代陰曆十二月十三日舉行歲末大掃除，謂之「煤払ひ」（掃煤、掃塵）。

170

　　不拄手杖
　　步行拄杖坡──
　　落馬活該！

☆步行ならば杖突坂を落馬哉（1687）

kachi naraba / tsuetsukizaka o / rakuba kana

譯註：此詩收於《笈之小文》，前書「從桑名里來到日永里後，雇馬
欲登杖突坡，不意翻鞍落馬」──頗有趣地描寫芭蕉騎馬登名為「杖
突坂」（拄杖坡）之坡道，沒想到脫鞍落馬，還不如拄杖爬坡慢慢
行！

171

　　回到故里
　　淚睹臍帶──
　　歲暮

☆旧里や臍の緒に泣く年の暮（1687）

furusato ya / heso no o ni naku / toshi no kure

譯註：此詩收於《笈之小文》，前書「歲暮」。芭蕉於歲暮回到故
鄉，看到保存於家中自己的臍帶，不禁潸然淚下。

172

欲知我的俳句——
秋風中
在旅途上過幾夜吧

☆旅寢して我が句を知れや秋の風（1684-1687 間）

tabine shite / waga ku o shire ya / aki no kaze

譯註：此詩寫於貞享年間，確切年次不明，收於《野曝紀行畫卷》。

173

鐘聲漸消，花的
芬芳又將之撞
響……啊，夕暮

☆鐘消えて花の香は撞く夕哉（1684-1687 間）

kane kiete / hana no ka wa tsuku / yūbe kana

譯註：此詩寫於貞享年間，確切年次不明，收於《新撰都曲》。是一
首充滿感官（聽覺、嗅覺、觸覺、視覺……）之美的俳句傑作，媲
美後世最好的象徵主義詩作！

174

別有所好——
逐無香氣之草而息的
一隻蝴蝶

☆物好きや匂はぬ草にとまる蝶（1684-1687 間）

monozuki ya / niowanu kusa ni / tomaru chō

譯註：此詩寫於貞享年間，確切年次不明，收於《新撰都曲》。

175

合手掬飲之，
涼意齒間迴盪——
啊冷泉

☆結ぶより早歯にひびく泉かな（1684-1687 間）

musubu yori / haya ha ni hibiku / izumi kana

譯註：此詩寫於貞享年間，有說是《奧之細道》之旅那須湯本途中
所作，但不確定。收於《新撰都曲》。

176

她擣衣聲如此

清澄，北斗七星

也發出迴響……

☆声澄みて北斗にひびく砧哉（1684-1687 間）

koe sumite / hokuto ni hibiku / kinuta kana

譯註：此詩甚美，亦引人欲親睹詩中女子形象。與唐代詩人劉元淑
〈妾薄命〉一詩中之「北斗星前橫旅雁，南樓月下擣寒衣」意象相
映，而聽覺上尤勝之。

177

大年初二——絕不

貳過：不會再錯過

新春賞花了……

☆二日にもぬかりはせじな花の春（1688）

futsuka ni mo / nukari wa seji na / hana no haru

譯註：此詩收於《笈之小文》，寫於貞享五年（1688）新春，前書
「除夕惜別舊歲，飲酒至深夜，元旦睡一整日」。

178

梅花啊，在他們
掘泥炭的山上
散發你的香味吧

☆香に匂へうに掘る岡の梅の花（1688）

ka ni nioe / uni horu oka no / ume no hana

譯註：此詩寫於貞享五年春，前書「伊賀的城下這地區產泥炭，味
臭」。收於《有磯海》。

179

冬日枯草上
一兩寸浮絲般
升騰的水氣……

☆枯芝ややややかげろふの一二寸（1688）

kareshiba ya / yaya kagerō no / ichinisun

譯註：此詩收於《笈之小文》，寫於貞享五年春。日文原詩中接連用
三個「や」（ya）音，甚為可愛——表示俳句中「切字」（斷詞或斷
句用的助詞）的「や」，加上「やや」（浮絲般「微微」水氣）。

180

　　究竟從何種我不識之

　　樹花撲鼻而來──

　　啊，這香氣！

☆何の木の花とは知らず匂ひ哉（1688）

nani no ki no / hana to wa shirazu / nioi kana

譯註：此詩收於《笈之小文》，寫於貞享五年春，前書「伊勢山田」，乃在伊勢神宮外宮參拜時之作。

181

　　群燕啊，不要

　　把泥巴

　　滴進我的酒杯

☆盃に泥な落しそ群燕（1688）

sakazuki ni / doro na otoshi so / muratsubame

譯註：此詩寫於貞享五年二月《笈之小文》旅途中的伊勢。見於《笈日記》，而未收於《笈之小文》中。

182

即使春雨淋濕
我紙衣——我要
摘那雨中之花

☆紙衣の濡るとも折らん雨の花（1688）

kamiginu no / nuru tomo oran / ame no hana

譯註：此詩寫於貞享五年二月，前書「路草亭」——路草，是伊勢神宮外宮所屬高級神官久保倉右近的俳號。收於《笈日記》。

183

裸身自由行？
尚未能也，二月
風猶寒……

☆裸にはまだ衣更着の嵐哉（1688）

hadaka ni wa / mada kisaragi no / arashi kana

譯註：此詩收於《笈之小文》，寫於貞享五年二月，前書「二月十七日從神路山離去」。《撰集抄》記載，增賀上人去伊勢神宮參拜，獲神示——須捨私欲，盡脫身上衣物予乞丐，方能得道。遂脫衣裸體下山。芭蕉言自己修行不足，無法裸身而行。日文「衣更着」，陰曆二月之雅稱——寒意仍在，仍須添衣之月。

184

萬般往事

湧現——啊，隨

眼前櫻花

☆さまざまの事思ひ出す桜かな（1688）

samazama no / koto omoidasu / sakura kana

譯註：此詩收於《笈之小文》，寫於貞享五年春，前書「探丸子君邀
請至別墅賞花，不勝今昔之感」。另《笈日記》中題有「同年春於故
主君蟬吟公庭前」。芭蕉本名松尾宗房，寬文二年（1662）十九歲
時，曾仕伊賀武士藤堂新七郎家，擔任俳號「蟬吟」的其嗣子藤堂
良忠之侍童與伴讀學友，兩人關係超越一般主僕。長他兩歲的良忠
即探丸（藤堂良長）之父。良忠於寬文六年（1666）去世，時探丸
初生，今已二十三歲。受邀重訪舊主家，芭蕉不勝感嘆！故人之
子——昔日幼嬰——今已成臨風玉樹。果如傳言所說，良忠是與芭
蕉同好「眾道」的其最早男性戀人的話，男男路上另種幽微、幽奧
之細道，漫漫半生走來，芭蕉當深有所感。芭蕉腦海裡或許浮現著
唐朝劉希夷〈代悲白頭翁〉中的詩句——「古人無復洛城東，今人
還對落花風，年年歲歲花相似，歲歲年年人不同……」，嘆昔日的
花童今日已漸成白頭之翁。

185

園裡植芋——
門前草茂
葉嫩

☆芋植ゑて門は葎の若葉かな（1688）

imo uete / kado wa mugura no / wakaba kana

譯註：此詩收於《笈之小文》，寫於貞享五年春，前書「草庵會」。

186

子良館後這一株
梅花——神宮少女們
令人思慕的芬芳

☆御子良子の一本ゆかし梅の花（1688）

okorago no / hitomoto yukashi / ume no hana

譯註：此詩收於《笈之小文》，寫於貞享五年春。子良，在伊勢神宮
侍奉之少女，其居處謂子良館。

187

帶你賞
吉野之櫻——
檜木笠

☆吉野にて桜見せうぞ檜木笠（1688）

yoshino nite / sakura mishō zo / hinokigasa

譯註：此詩收於《笈之小文》，寫於貞享五年春，前書「陰曆三月已過半，心花燦開，誘我上路折枝為記，往吉野賞櫻。前在伊良湖崎約定之人，已來伊勢相會，共承旅途愁喜，且充當我之童僕，照料路上事。自稱『萬菊丸』，頗符童僕之名，妙哉趣哉。動身出門之際，於斗笠上戲書『乾坤無住同行二人』」。芭蕉去年十一月在保美，與遭流放的杜國約好來春一同旅行，懸想成真，喜不自勝。杜國自稱「萬菊丸」，有趣之外，恐怕也想化名掩藏有罪之身。芭蕉與愛徒杜國兩人，檜木斗笠上都寫著「乾坤無住同行二人」（雲遊天地之間，同行你我二人）。芭蕉路上吟此詩——他愛屋及烏，要讓自己頭上的斗笠能「高人一等」地以如「斗」的目光同賞櫻花。杜國亦步亦趨，跟著吟出「よし野にてわれも見せうぞ檜の木笠」（也讓你賞／吉野之櫻——／檜木笠）。人成雙，檜木笠也成對，真是師徒「情」深。

188

春夜朦朧——
神殿角落裡，有人
為愛祈願……

☆春の夜や籠り人ゆかし堂の隅（1688）

haru no yo ya / komorido yukashi / dō no sumi

譯註：此詩收於《笈之小文》，寫於貞享五年春，前書「初瀨」，乃詠今奈良縣櫻井市初瀨長谷寺。《源氏物語》以降，日本諸多物語、日記中屢見女性於此寺登場。在此詩之後，同行的杜國（萬菊丸）也詠出極美的「足駄はく僧も見えたり花の雨」（也可見僧穿／高齒木屐——／櫻花雨中行……）。

189

比雲雀還高——
小憩於凌空
臍嶺上

☆雲雀より空にやすらふ峠哉（1688）

hibari yori / sora ni yasurau / tōge kana

譯註：此詩收於《笈之小文》，寫於貞享五年三月，前書「臍嶺——多武峰通往龍門之路也」。此峰以前是通往吉野之道。

190

何當舉杯，舌燦
眼前瀑布繁花──
酒沫、口沫共飛？

☆酒飲みに語らんかかる滝の花（1688）

sakenomi ni / kataran kakaru / taki no hana

譯註：此詩收於《笈之小文》，作於貞享五年春，寫的是位於今奈良
吉野龍門山麓的「龍山瀑布」。日文「酒飲み」意謂酒徒、好酒貪杯
者──古今好酒貪杯者恐以大唐「酒仙」李白為最。芭蕉期待他日
與酒友杯觥交錯，「御話」龍門瀑布此際水花、繁花燦開時，讓酒
沫、口沫、瀑布水沫齊飛。《笈之小文》中此詩前另有一題為「龍門」
的姊妹作──中譯「伴手」（伴手禮）即「土產」之意──芭蕉顯然
想到了李白〈公無渡河〉一詩「黃河西來決崑崙，咆哮萬里觸龍門」
中的龍門，向「上戶」（好飲、能飲者）李白致意：

龍門瀑布花
燦放──摘予
酒仙伴手歡

☆龍門の花や上戶の土產にせん（1688）

ryūmon no / hana ya jōgo no / tsuto ni sen

191

在花陰下入睡，
如謠曲裡所吟詠──
今夜旅夢

☆花の陰謠に似たる旅寢哉（1688）

hana no kage / utai ni nitaru / tabine kana

譯註：此詩為貞享五年（1688）《笈之小文》旅途中，於吉野平尾里
所作。見於芭蕉的詩歌手稿，而未收於《笈之小文》中。

192

以扇飲酒癲

模樣──落櫻飄飄

作戲樹蔭下

☆扇にて酒くむ陰や散る桜（1688）

ōgi nite / sake kumu kage ya / chiru sakura

譯註：此詩收於《笈之小文》。有杜國相伴的芭蕉遊興甚佳，花下模仿能劇以扇代杯飲酒動作，手舞足蹈，增添花趣、花絮。《笈之小文》中與杜國同行之旅程，應是芭蕉終身難忘事。《笈之小文》之行後，兩人再無機會見面。結束《奧之細道》之旅後，芭蕉於元祿三年（1690）一月寫信給杜國，首段說「邇來無君音信，莫非渡海之船為浪所裂，或罹病歟，吾為此心憂，方寸欲碎」，信末說「正、二月之間，待君前來伊賀一訪」，但當時杜國已病倒，同年三月英年早逝於三河國保美，留傷心的芭蕉在夢中追憶、保有與愛徒共享的春光、綺色之美。芭蕉元祿四年《嵯峨日記》四月二十八日所記令人感嘆──「夢中言及杜國事，泣醒。心神相交而成夢⋯⋯誠然矣，我之夢見伊，可謂念夢也。杜國慕我甚深，追我於伊陽故里，旅途夜則同床，起則同行，助減我行腳之勞，如影隨形，約莫百日。悲喜與共，其情其意深染我心，難以忘懷，故而入我夢乎。醒來又淚沾衣袖。」杜國，誠芭蕉一生詩、文光影間最重磅、最愛男子。

193

　　如果我歌喉好，
　　我願唱一首謠曲——
　　「櫻花落……」

☆声よくば謡はうものを桜散る（1688）

koe yokuba / utaō mono o / sakura chiru

譯註：此詩寫於貞享五年春，為《笈之小文》旅途中芭蕉在吉野所
作。此詩見於《砂燕集》，而未收於《笈之小文》中。

194

　　棣棠花散落，
　　一瓣又一瓣——
　　瀑布聲響……

☆ほろほろと山吹散るか滝の音（1688）

horohoro to / yamabuki chiru ka / taki no oto

譯註：此詩收於《笈之小文》，寫於貞享五年三月，前書「西河」。
西河瀑布，吉野川上流，在今奈良縣吉野郡川上村。

195

　　為賞櫻花，

　　日日行走五里六里——

　　真是奇葩！

☆桜狩り奇特や日々に五里六里（1688）

sakuragari / kidoku ya hibi ni / gori rokuri

譯註：此詩收於《笈之小文》，是一首輕快、明快而富奇趣、諧趣的
賞櫻進行曲。

196

　　春雨

　　沿樹幹流淌下

　　滴滴清水

☆春雨の木下につたふ清水哉（1688）

harusame no / koshita ni tsutau / shimizu kana

譯註：此詩收於《笈之小文》，前書「苔清水」——指著名詩人西行
草庵遺址附近之泉水（參見本書 97 首）。

197

> 一路追春
> 追到和歌浦——
> 吐此春歌

☆行く春に和歌の浦にて追ひ付きたり（1688）

yuku haru ni / wakanoura nite / oitsukitari

譯註：此詩收於《笈之小文》，前書「和歌」——即和歌浦，在今和歌市內。浦為海灣、海岸之意，「和歌浦」自《萬葉集》以來即為著名歌枕。

198

> 脫下一件
> 衣服，背在背上——
> 權充更衣

☆一つ脫いで後に負ひぬ衣更（1688）

hitotsu nuide / ushiro ni oinu / koromogae

譯註：此詩收於《笈之小文》，前書「更衣」。日本江戶時代陰曆四月一日為「更衣日」，脫下棉袍，改穿夏衣。旅途上的芭蕉未帶夏衣，乃脫衣一件，以示換季。同行的杜國也跟著吟出「吉野出て布子賣たし衣がへ」（離開吉野／想賣掉身上棉袍——／更衣之後）。

199

欲用滴翠的
新葉，輕拂你
眼中之淚……

☆若葉して御目の雫ぬぐはばや（1688）

wakaba shite / onme no shizuku / nuguwabaya

譯註：此詩收於《笈之小文》，前書「招提寺鑑真和尚來日本時，於
船上歷七十餘次之難，眼睛被潮風所傷，終告失明。謹在此拜其尊
像」。鑑真和尚（688-763）為唐代高僧，五十五歲應日僧之請籌劃
赴日傳戒律，五次渡海未果，至第六次乃成。於奈良建唐招提寺，
講律授戒，影響日本文化極大。今寺內有御影堂，供奉其坐像。陳
黎曾在 2002 年寫成一逾兩百行之長詩〈鑑真見證〉，在詩的首節嵌
入了芭蕉三百多年前這首俳句──「那名叫芭蕉的詩人／欲用初夏
滴翠的新葉／拂拭你眼裡的愁苦……」。

200

腳疲體困何妨草臥
野宿——正思歇腳處：
一叢紫藤花！

☆草臥れて宿借るころや藤の花（1688）

kutabirete / yado karu koro ya / fuji no hana

譯註：此詩收於《笈之小文》，寫於貞享五年四月，前書「大和行腳
路上」。大和，今奈良縣。日文「草臥」意為野宿。

201

杜若花開，旅次
促膝開談
杜若情：一樂哉

☆杜若語るも旅のひとつ哉（1688）

kakitsubata / kataru mo tabi no / hitotsu kana

譯註：此詩收於《笈之小文》，前書「於大阪某人家」。某人指保川
彌右衛門，伊賀上野人，俳號一笑，芭蕉在家鄉時的俳諧友人，當
時住在大阪。

202

映入我眼，
漁人們的臉上——
白罌粟花

☆海士の顏まづ見らるるや芥子の花（1688）

ama no kao / mazu miraruru ya / keshi no hana

譯註：此詩收於《笈之小文》，前書「四月中旬，空中猶帶朦朧之
意，夜短月明格外迷人。山上新葉漸密，杜鵑拂曉清鳴，海上晨光
漸露。上野一帶，麥穗搖曳橙紅之浪，漁家簷前處處罌粟花白」。
以罌粟花白對映漁人黝黑之臉，感人、動人！

203

布穀鳥向遠方
飛去，消沒處——
一座小島

☆ほととぎす消え行く方や島一つ（1688）

hototogisu / kieyuku kata ya / shima hitotsu

譯註：此詩收於《笈之小文》，為在須磨時所作，詩中提及之小島為
淡路島。

須磨寺：樹蔭
暗處，傳來未吹而
響的青葉笛聲

☆須磨寺や吹かぬ笛聞く木下闇（1688）

sumadera ya / fukanu fue kiku / koshitayami

譯註：此詩收於《笈之小文》。須磨寺在今神戶市，即上野山福祥寺，有名貴文物平敦盛的青葉笛。平敦盛與熊谷直實為著名的源氏與平家「一谷會戰」中，敵對的兩位平安時代末期武將。熊谷直實為關東第一武者；敦盛姿容端麗，擅吹橫笛，年僅十五。與直實對陣的敦盛被打落馬下，直實急於割取對手首級，掀敦盛頭盔，見其風雅俊朗，年輕的臉上全無懼色，又見其腰間所插橫笛，乃知昨夜敵陣傳來之悠揚動人笛聲乃其所吹奏。直實不忍殺之，請其快逃，為敦盛所拒。直實為免敦盛受他人屈辱，遂取敦盛首級，潸然淚下，拔敦盛腰間之笛，吹奏一曲，黯然而去。詩中的青葉笛即平敦此一傳奇之笛。芭蕉以字製樂，青葉笛未吹而鳴，彷彿若有聲……

205

章魚壺捕捉章魚
章魚捕捉壺中夢──
夢中夏月流銀……

☆蛸壺やはかなき夢を夏の月（1688）

takotsubo ya / hakanaki yume o / natsu no tsuki

譯註：此詩為《笈之小文》中最後一首俳句，前書「明石夜泊」。明石，在今兵庫縣南部，瀕臨位於瀬戶內海中的明石海峽。蛸壺，捕捉章魚的時候沉到海底的陶罐。此詩帶有李商隱式或象徵主義式不可解之隱晦，但極富幻想美，直譯大約是──「章魚壺中／夢黃粱──／夏月在天」。這是「章魚」在日本文學中佔有最高榮譽席位的唯一例子。

206

　　五月梅雨垂密簾——
　　遮隱不住的是
　　瀨田的長橋

☆五月雨に隱れぬものや瀨田の橋（1688）

samidare ni / kakurenu mono ya / seta no hashi

譯註：此詩寫於貞享五年夏，為《笈之小文》旅途中芭蕉在大津所
作。瀨田的長橋，即瀨田川上的唐橋，長 224 公尺，是日本三大名
橋之一。瀨田川為連結琵琶湖與海洋之河川。此詩見於《阿羅野》，
而未收於《笈之小文》中。

這些螢火蟲——

啊，容我將它們比擬做

千月映千田

☆この螢田毎の月にくらべみん（1688）

kono hotaru / tagoto no tsuki ni / kurabemin

譯註：此詩有前書「思及即將來臨的木曾路之旅，人在大津的我前往勢田賞螢」，為貞享五年夏《笈之小文》之旅歸途中在大津石山寺所作。勢田為瀨田的舊稱。瀨田以映照水中（瀨田川中）的螢火蟲之美知名。「木曾路之旅」指今年八月芭蕉將進行的《更科紀行》之旅。更科姨舍山以山坡梯田層層映照的「田毎の月」（映在一塊塊水田裡的月亮）之美著稱。此詩將瀨田群舞的螢光與姨舍山「千月映千田」之景相比。此詩見於《三容顏》（《三つの顏》），而未收於《笈之小文》中。

208

> 依然在我眼裡——
> 與吉野櫻花相映,
> 瀨田的螢火蟲!

☆目に残る吉野を瀨田の螢哉(1688)

me ni nokoru / yoshino o seta no / hotaru kana

譯註:此詩前書「螢火蟲」,貞享五年夏《笈之小文》之旅歸途中在近江(今滋賀縣)瀨田所作,見於芭蕉的詩歌手稿,而未收於《笈之小文》中。此詩與前一首螢火蟲詩(「この螢……」)恰為雙璧——前一首中寫了對尚未見的姨舍山「千月映千田」之景的期待,此首則懷想先前行過的吉野的情景,讓吉野花色與眼前瀨田螢光相輝映。

209

從草葉上墜下，未
觸地，立即飛起
——一隻螢火蟲

☆草の葉を落つるより飛ぶ螢かな（1688）

kusa no ha o / otsuru yori tobu / hotaru kana

譯註：此詩寫於貞享五年夏，為《笈之小文》旅途中芭蕉在近江瀨
田所作。此詩見於《從昔至今》（《いつを昔》），而未收於《笈之
小文》中。

210

夏日浮世——
浮於此湖中
隨波飄動……

☆世の夏や湖水に浮む浪の上（1688）

yo no natsu ya / kosui ni ukamu / nami no ue

譯註：此詩寫於貞享五年夏，為《笈之小文》回程中芭蕉在近江瀨
田所作。前書「在大津」，詩中之湖為琵琶湖。此詩見於《俳諧前後
園》，而未收於《笈之小文》中。

147

211

> 啊，夕顏花——
> 入秋後，將變成
> 各式各樣葫蘆

☆夕顏や秋はいろいろの瓢哉（1688）

yūgao ya / aki wa iroiro no / fukube kana

譯註：此詩前書「乘涼」，為貞享五年夏天（或說秋天）之作。夕
顏，又稱葫蘆花，葫蘆科蔓性一年生草本，夏季開白花，秋季果實
成為葫蘆。

212

> 我要在床之山
> 路旁，晝顏花下
> 晝寢一會兒……

☆昼顏に昼寢せうもの床の山（1688）

hirugao ni / hirune shō mono / toko no yama

譯註：此詩為貞享五年六月《笈之小文》歸程中，芭蕉從大津往岐
阜途中於中山道「床之山」邊詠成，寄給在彥根的門人李由，表示
時間將晚，不克前往一訪。「床之山」即滋賀縣彥根附近的鍋尻山
（鳥籠山），為歌枕。此詩見於《韻塞》，而未收於《笈之小文》中。

213

蟬鳴唧唧——
寺廟鐘聲似乎也
跟著響起⋯⋯

☆撞鐘もひびくやうなり蝉の声（1688）

tsukigane mo / hibiku yō nari / semi no koe

譯註：此詩為貞享五年夏，《笈之小文》歸程中所作，前書「稲葉
山」，為寫於美濃（今岐阜縣）長良川稲葉山古城遺址之作，見於
《笈日記》，而未收於《笈之小文》中。

214

古城遺址——
啊，讓我的喉舌先
問候古井的清水

☆城跡や古井の清水まづ訪はん（1688）

shiroato ya / furui no shimizu / mazu towan

譯註：此詩為貞享五年夏，《笈之小文》歸程中所作，前書「於岐阜
山」——今岐阜市東北。此詩見於芭蕉的詩歌手稿，而未收於《笈
之小文》中。

215

先覺得好玩，
而後傷悲——
看鵜船捕鵜

☆おもしろうてやがて悲しき鵜船哉（1688）

omoshirō te / yagate kanashiki / ubune kana

譯註：此詩為貞享五年六月之作，寫美濃長良川上，乘鵜船者於闇夜持篝火捕鵜之情景。

216

四面所見
景物，皆清涼也
水樓此處

☆此のあたり目に見ゆるものは皆涼し（1688）

kono atari / me ni miyuru mono wa / mina suzushi

譯註：此詩為芭蕉俳文〈十八樓記〉中之俳句。貞享五年六月八日，芭蕉《笈之小文》之旅歸途中，受岐阜油商賀島善右衛門之邀訪其別邸，為其取名「十八樓」，並寫成〈十八樓記〉。文章開頭謂「美濃國長良川有水樓，主人賀島氏……」，文末提到以「十八樓」命名乃因此處景色悅目怡人，「會瀟湘八景、西湖十景於涼風一味」。所附此首俳句，即以與「水樓」有密切關聯的「涼」字為詩眼。

217

夏日已至——
俗名唐一葉的石葦
卻只有一葉

☆夏来てもただ一つ葉の一葉かな（1688）

natsu kite mo / tada hitotsuba no / hitoha kana

譯註：此詩為貞享五年《笈之小文》之旅歸途中芭蕉於岐阜附近山中所作，見於芭蕉的詩歌手稿與《笈日記》，而未收於《笈之小文》中。石葦（日文「一つ葉」：音 hitotsuba），一莖一葉，又稱「唐一葉」。芭蕉此詩中重複出現「一／葉」，強調其孤單感。

218

初秋——
海與田野
同綠

☆初秋や海も青田の一みどり（1688）

hatsuaki ya / umi mo aota no / hitomidori

219

　　有小米與稗子，
　　當無不足矣——
　　在此草庵

☆粟稗にとぼしくもあらず草の庵（1688）

awa hie ni / toboshiku mo arazu / kusa no io

譯註：此詩寫於貞享五年七月二十日，《笈之小文》歸程中，前書
「於杉之竹葉軒草庵」，為芭蕉在名古屋城北藥師堂（今西杉町解脫
寺）住持長虹於寺內竹葉軒草庵舉辦的俳句會上所作。收於《荷兮
真蹟歌仙卷》。

220

　　秋深後，蝴蝶
　　也來嘗菊露
　　延壽……

☆秋を経て蝶もなめるや菊の露（1688）

aki o hete / chō mo nameru ya / kiku no tsuyu

譯註：此詩寫於貞享五年秋，前書「菊花之蝶」。中國古有「菊露」
能延年益壽之說。收於《笈日記》。

221

> 啊，千草
> 迸萬花——
> 各有其勝！

☆草いろいろおのおの花の手柄かな（1688）

kusa iroiro / onoono hana no / tegara kana

譯註：此詩寫於貞享五年八月，《更科紀行》出發之際，美濃門人惜別會上所吟。收於《笈日記》。

222

> 牽牛花，對
> 我們的盛宴不聞
> 不問——盛開著

☆朝顔は酒盛知らぬ盛り哉（1688）

asagao wa / sakamori shiranu / sakari kana

譯註：此詩為貞享五年八月十一日，芭蕉《更科紀行》出發之際，舉杯告別送行的美濃門人們時所吟。收於《笈日記》與《阿羅野》。牽牛花，日語謂「朝顏」，晨間盛開，中午就謝了。此詩中的牽牛花，彷彿一藝術家，把握時間，及時、專注地燦放、發亮，締造美。

223

断崖栈道：
藤蔓
緊纏，活命

☆桟や命をからむ蔦葛（1688）

kakehashi ya / inochi o karamu / tsutakazura

譯註：此詩收於《更科紀行》。貞享五年（1688），芭蕉從京都經近
江、美濃到尾張（名古屋），八月與弟子越人經木曾往更科姨舍山賞
月，於十五日抵達，停留四夜五日後於月底返回江戶。此詩描寫懸
於長野縣木曾川絕壁的險峻棧橋。

224

月之友
朋：被棄的老嫗獨泣的
面影

☆俤や姨ひとり泣く月の友（1688）

omokage ya / oba hitori naku / tsuki no tomo

譯註：此詩收於《更科紀行》，前書「姨舍山」（棄老山）——此地
有老嫗被棄於此之傳說，謂人們在姨舍山賞月時，曾出現老婦的姿
影——月？朋？面影，幻影或疊影？

225

　　秋風中
　　蘿蔔辛辣味
　　刺入我身

☆身にしみて大根からし秋の風（1688）

mi ni shimite / daikon karashi / aki no kaze

譯註：此詩收於《更科紀行》。芭蕉一生頗多詠「大根」（蘿蔔）之
作，此為佳句之一。

226

　　月光下
　　四門四宗
　　歸一

☆月影や四門四宗もただ一つ（1688）

tsukikage ya / shimon shishū mo / tada hitotsu

譯註：此詩收於《更科紀行》，前書「善光寺」。善光寺為長野市名
寺，自七世紀創建以來，信徒眾多。善光寺東西南北各有一門，分
懸「定額山善光寺」、「不捨山淨土寺」、「南命山無量壽寺」、「北
空山雲上寺」之額。「四宗」則指天台宗、真言宗、禪宗、律宗。

155

227

秋末狂風
吹飛石——
淺間火山上

☆吹き飛ばす石は浅間の野分哉（1688）

fukitobasu / ishi wa asama no / nowaki kana

譯註：此詩收於《更科紀行》。淺間山位於長野、群馬兩縣交界。為間歇火山。「野分」（音 nowaki），指秋末狂風或颱風。

228

再度倚靠著
這破柱——
冬日幽居

☆冬籠りまた寄りそはんこの柱（1688）

fuyugomori / mata yorisowan / kono hashira

譯註：此詩寫於元祿元年（1688）十月十三日。芭蕉結束《笈之小文》與《更科紀行》之旅後，重返江戶芭蕉庵生活之作。

229

　　五六子
　　圍爐
　　共享茶菓子

☆五つ六つ茶の子にならぶ囲炉裏哉（1688）

itsutsu mutsu / cha no ko ni narabu / irori kana

譯註：此詩寫於元祿元年（1688）冬，描寫與弟子五、六人在芭蕉庵圍爐品茶的可愛小詩。

230

　　兩人去歲同見
　　之雪，今年
　　又降下了嗎？

☆二人見し雪は今年も降りけるか（1688）

futari mishi / yuki wa kotoshi mo / furikeru ka

譯註：此詩寫於元祿元年冬，憶前一年冬天與門徒越人往伊良湖訪門徒杜國途中，芭蕉、越人兩人共同賞雪之情景（參見本書160首），亟盼今年雪降時伊人一樣同在。芭蕉有俳文〈送越人〉——「尾張十藏，號越人，越路人。為粟飯、柴薪計，擇市中隱居。二日勤勞，二日遊玩；三日勤勞，三日遊玩。性好酒、喝時唱《平家》謠曲。是我友。」文末附此首言淺而情意深之詩。

231

　　下雪天外出
　　買米——米袋
　　當頭巾

☆米買ひに雪の袋や投頭巾（1688）

kome kai ni / yuki no fukuro ya / nagezukin

譯註：此詩有前書「雪夜戲探句題，得『米買』兩字」。為元祿元年
十二月於深川所作。

232

　　元旦日——
　　我渴望千日
　　耀千田……

☆元日は田毎の日こそ恋しけれ（1689）

ganjitsu wa / tagoto no hi koso / koishikere

譯註：此詩寫於元祿二年元旦。去年八月《更科紀行》姨舍山「田
毎の月」（映在一塊塊水田裡的月亮）之美猶在心中，新年伊始芭蕉
似乎又蠢蠢欲動，想要見「田毎の日」（映在一塊塊水田裡的日
頭——「千日耀千田」）。此其《奧之細道》之旅前兆乎？

233

多誘人啊——
今年春天又見
旅人的天空

☆おもしろや今年の春も旅の空（1689）

omoshiro ya / kotoshi no haru mo / tabi no sora

譯註：此詩為元祿二年正月芭蕉寄給弟子去來之作，《奧之細道》之旅即將成行之暗示。芭蕉後來所寫之俳文遊記《奧之細道》序文，一開始即沿李白〈春夜宴桃李園序〉說「日月者百代之過客，來往之年亦旅人也。浮生涯於舟上，或策馬以終老，日日旅行於外，以四方為家。古人每多死於旅次者。余不知始於何年，亦為吹盪片雲之風所誘，而生漂泊之思，浪跡於海濱。去年秋，返江上破屋，拂陳年蜘網，旋即歲暮、春至，舉頭欣見春霞漫天，乃思越白河之關，為『步行神』所喚，心迷若狂……」。這些字句實為此詩最佳箋注。

159

234

紅梅艷紅——
隱於玉簾後的伊人
讓人心動

☆紅梅や見ぬ恋作る玉簾（1689）

kōbai ya / minu koi tsukuru / tamasudare

譯註：此詩以紅梅的艷與「玉簾」的古典感，虛擬、再現日本古典
「物語文學」中的高雅幽艷氛圍。

235

朝朝暮暮，我心
為松島所據，彷彿
有人在彼處等我……

☆朝夜さを誰まつしまぞ片心（1689）

asa yosa o / tare matsushima zo / katagokoro

譯註：此詩應為芭蕉《奧之細道》之旅計畫已成，仍未成行前之作。
有一首俳句「松島啊，啊啊松島啊，松島啊」（松島やああ松島や松
島や），傳說為芭蕉之作，但並非事實；此作原貌是江戶時代後期
狂歌師田原坊之句「松島啊，呀松島啊，松島啊」（松島やさて松島
や松島や）。

236

浪蹄踏湧一波波
海上花搶灘——白色
神駒二見迎新春！

☆うたがふな潮の花も浦の春（1689）

utagau na / ushio no hana mo / ura no haru

譯註：此詩寫於元祿二年春，前書「二見浦敬拜」，收於《從昔至今》。二見海濱是附近著名伊勢神宮沐浴淨身之所。此詩直譯大約是「不要懷疑——／海潮之花也把春天／帶給了海濱！」

237

雲雀歌唱——
誰負責節奏組？
野雞的叫聲……

☆雲雀鳴く中の拍子や雉子の声（1689）

hibari naku / naka no hyōshi ya / kiji no koe

譯註：此詩寫於元祿二年（1689）春，收於《猿蓑》。

238

把這桶酒喝盡吧，
變二升大的
酒桶為花瓶！

☆呑み明けて花生けにせん二升樽（1689）

nomi akete / hanaike ni sen / nishō daru

譯註：日語「花生け」（はないけ：hanaike），也寫成「花活け」，
插花用的花瓶、花筒等容器。

239

水氣升騰──
從我
紙衣肩部……

☆かげろふの我が肩に立つ紙子かな（1689）

kagerō no / waga kata ni tatsu / kamiko kana

譯註：此詩寫於元祿二年二月七日。日語「かげろふ」（kagerō），
也寫成「陽炎」，或稱陽氣，春夏陽光照射地面升起的遊動氣體。

240

　　無花，無月

　　獨酌——

　　無相親哉！

☆月花もなくて酒のむ独り哉（1689）

tsuki hana mo / nakute sake nomu / hitori kana

譯註：此為元祿二年春之作，為「畫贊」，前書「獨飲者之畫」——
畫中無月、無花，唯一人獨飲。李白在花間〈月下獨酌〉，舉杯邀月
對影成三人，而畫中此一「無花、無月、無相親」之獨酌者，其《奧
之細道》出發前夕芭蕉自身之寫照乎？

241

春去也——
鳥啼，魚目
垂珠淚

☆行く春や鳥啼き魚の目は涙（1689）

yuku haru ya / tori naki uo no / me wa namida

譯註：此詩收於《奧之細道》第二章「起程」。芭蕉於元祿二年三月二十七日從江戶芭蕉庵出發，開始其歷時五個多月（一百五十餘日）、長達二千四百公里之《奧之細道》（奧羽北陸）行腳，至同年九月六日離開大垣結束全程。同行者有門人曾良，有《隨行日記》（含收錄途中師徒所詠俳句的《俳諧書留》等）留世。

242

無鐘撞之聲——
春日黃昏，這村子
聽什麼、做什麼？

☆鐘撞かぬ里は何をか春の暮（1689）

kane tsukanu / sato wa nani o ka / haru no kure

譯註：此詩為芭蕉於《奧之細道》途中，過室八島宿鹿沼時所作，見於曾良《隨行日記》中的《俳諧書留》（簡稱《曾良書留》），而未收於《奧之細道》中。

243

日光盛照——
綠葉、新葉
齊沐艷陽……

☆あらたふと青葉若葉の日の光（1689）

ara tōto / aoba wakaba no / hi no hikari

譯註：此詩收於《奧之細道》「日光山」一章。日光山上有祭祀幕府
將軍德川家康之東照宮。

244

暫歇於水瀑
籠中：行
我夏之安居

☆暫時は滝に籠るや夏の初め（1689）

shibaraku wa / taki ni komoru ya / ge no hajime

譯註：此詩收於《奧之細道》「日光山」一章。佛教僧侶每年夏天關
閉於房間修行，謂之「夏行」、「夏安居」或「夏籠」。

245

　　這納涼間
　　把外頭的山和庭園都
　　納進來了

☆山も庭に動き入るるや夏座敷（1689）

yama mo niwa ni / ugokiiruru ya / natsuzashiki

譯註：此詩前書「面對秋鴉亭主人之佳景」，為元祿二年四月四日
《奧之細道》途中，訪在那須黑羽的門人秋鴉時所作。收於《曾良書
留》。

246

　　鶴鳴聲厲——
　　劃破
　　芭蕉葉……

☆鶴鳴くやその聲に芭蕉破れぬべし（1689）

tsuru naku ya / sono koe ni bashō / yarenubeshi

譯註：此詩為芭蕉對一幅有鶴與芭蕉之畫作的「畫贊」，原畫不明。
元祿二年四月《奧之細道》途中，停留於那須黑羽時所作。收於《曾
良書留》。

247

　　一整片稻田

　　他們插完秧，柳蔭下

　　我依依離去

☆田一枚植ゑて立ち去る柳かな（1689）

ta ichimai / uete tachisaru / yanagi kana

譯註：此詩為元祿二年四月二十日《奧之細道》途中，經「遊行柳」
時所作。《奧之細道》一書中，此詩前芭蕉有文謂「又，彼『清水潺
潺』之柳依然存留於蘆野村田畔。此地郡守戶部某，屢勸余觀此
柳，然不知在何處，今終至其柳蔭下矣」。芭蕉此詩呼應詩人西行
十二世紀行腳奧州時所寫之著名短歌——「路邊柳蔭下／清水潺
潺，小歇／片刻——／不知覺間／久佇了」（道の辺に清水流るる柳
かげしばしとてこそたちどまりつれ）。

248

> 來自東或
> 自西？秧苗上，風
> 聲入我耳

☆西か東かまづ早苗にも風の音（1689）

nishi ka higashi ka / mazu sanae ni mo / kaze no oto

譯註：此詩為元祿二年四月《奧之細道》途中，過白河關時所作。
見於《何云宛真蹟書簡》，而未收於《奧之細道》中。此詩為 7-7-5
共十九音節之句。

249

> 風雅之初：
> 奧州路上的
> 插秧歌

☆風流の初めや奥の田植歌（1689）

fūryū no / hajime ya oku no / taueuta

譯註：此詩前書「越白河關」，收於《奧之細道》「須賀川」一章，
為芭蕉過白河關後應俳友等窮之請所吟的感懷之作。

250

篕前栗子樹——

花開

不入世人眼

☆世の人の見付けぬ花や軒の栗（1689）

yo no hito no / mitsukenu hana ya / noki no kuri

譯註：此詩收於《奧之細道》「須賀川」一章。栗子樹外貌頗不揚，相對乏人青睞，但芭蕉頗喜歡此樹，曾拆「栗」字，說這是「西」方淨土之「木」，奈良時代高僧行基菩薩一生皆用此木做杖柱。

251

紙旗飄揚——

笈與大刀，同慶

尚勇五月節！

☆笈も太刀も五月に飾れ紙幟（1689）

oi mo tachi mo / satsuki ni kazare / kaminobori

譯註：此詩收於《奧之細道》「飯塚里」一章。五月節是端午節，後亦為日本男兒節。人們在屋外懸紙旗和武者繪幟，彰尚武之風，並期望男孩健康、勇敢。「笈」為裝書籍等物的背箱。

252

　　我要把菖蒲花

　　結在足上

　　作我草鞋鞋帶

☆あやめ草足に結ばん草鞋の緒（1689）

ayamegusa / ashi ni musuban / waraji no o

譯註：此詩收於《奧之細道》「宮城野」一章。芭蕉以菖蒲花繫於
「足」上（非「鞋」上）當鞋帶，這雙「花式」草鞋既環保又文創！
日文「あやめ」（音 ayame），也寫成「菖蒲」。

253

　　夏之海浪盪：

　　大島小島

　　碎成千萬狀

☆島々や千々に砕きて夏の海（1689）

shimajima ya / chiji ni kudakite / natsu no umi

譯註：此詩亦可直譯為「夏之海──／島島／千千碎……」，收於
《蕉翁全傳附錄》，為芭蕉《奧之細道》途中經松島時所作，在詩的
前言裡芭蕉說「松島佳景為扶桑第一，古今文人戀戀此島，皆思盡
心巧現之。海之四方三里內，形形色色諸島鋪展奇曲天工之
妙……」。此詩未收於《奧之細道》中。

254

夏草：

戰士們

夢之遺跡……

☆夏草や兵どもが夢の跡（1689）

natsukusa ya / tsuwamonodomo ga / yume no ato

譯註：此詩收於《奧之細道》「平泉」一章，前書「在奧州高館」，
芭蕉寫其登小山高館遠眺，遙想當年忠臣義士困守此城中，求建立
功名，終化為萋萋青草。此詩略可見杜甫〈春望〉一詩「國破山河
在，城春草木深」之影——惟春天升而為夏天。我們先前曾將此詩
「創意性」中譯如下（眼尖的讀者也許發現，裡面似乎藏著陳黎
1995 年詩作〈戰爭交響曲〉裡那些奇「兵」的身影）——

艸艸艸艸艸艸艸艸艸

兵兵兵兵乒乒乓兵丘：夢

艸艸艸艸艸艸艸艸艸

171

255

　　盡是跳蚤蝨子，

　　還有一匹馬

　　在我枕邊尿尿⋯⋯

☆蚤虱馬の尿する枕もと（1689）

nomi shirami / uma no shitosuru / makuramoto

譯註：此詩收於《奧之細道》「尿前關」一章。尿前關，在玉造郡鳴子町，為靠近陸奧與出羽兩國邊界之關隘，傳說為源義經兒子龜若丸初次撒尿之地——果不其然，芭蕉這首詩裡尿味洋溢。

256

　　清風送涼，

　　爽將君家當我家

　　隨意坐臥⋯⋯

☆涼しさを我が宿にしてねまるなり（1689）

suzushisa o / waga yado ni shite / nemaru nari

譯註：此詩收於《奧之細道》「尾花澤」一章，芭蕉訪經營紅花買賣致富的老友、談林派俳人鈴木清風，承其留宿招待數日，遂有此以涼風入詩、以詩向主人致敬之作。

257

蟾蜍的叫聲——

出來啊，別躲在

蠶舍底下

☆這ひ出でよ飼屋が下の蟇の声（1689）

hai ideyo / kaiya ga shita no / hiki no koe

譯註：此詩收於《奧之細道》「尾花澤」一章。大概是古往今來少有
的蟾蜍與蠶同框之詩。日文「飼屋」（音 kaiya）為養蠶的小屋，「蟇」
（音 hiki）為蟾蜍。

258

紅粉花開，啊

模樣彷彿

紅粉佳麗眉刷

☆眉掃きを俤にして紅粉の花（1689）

mayuhaki o / omokage ni shite / beni no hana

譯註：此詩收於《奧之細道》「尾花澤」一章，前書「睹最上紅粉花
開」。最上即最上川。紅粉花即紅花，可製造口紅。眉刷，刷掉附
著在眉毛上的白粉的刷毛。

173

259

將來，它們會與哪位
女子有肌膚之親，丹唇
玉體，啊這些紅粉花

☆行く末は誰が肌ふれん紅の花（1689）

yukusue wa / taga hada furen / beni no hana

譯註：芭蕉《奧之細道》之行，元祿二年五月十七日於尾花澤寫了
上一首「紅粉花」詩後，在尾花澤往立石寺途中，又寫了此處這首
相當撩人、驚人，直寫女性身體，極富官能美的艷詩。日文「紅の
花」（紅花）即「紅粉の花」（紅粉花），除可製造口紅，也是紅絹（女
性和服的裡子）的染料。此詩誠珍貴、罕有之芭蕉之作。未收於《奧
之細道》中。

260

寂靜——
蟬聲
滲入岩石

☆閑かさや岩にしみ入る蝉の声（1689）

shizukasa ya / iwa ni shimiiru / semi no koe

譯註：此詩收於《奧之細道》「立石寺」一章，是芭蕉最高傑作之一。一靜一動，一寂一響，蟬聲究竟在否？不是靜默無聲，是生之聲響慢慢滲透、定居於石頭內。此處滲透的意象另有一層涵義：日本夏季有所謂「蟬時雨」，指蟬陣雨聲般地叫。蟬聲如落下的陣雨滲入石頭，芭蕉不只寫出了當下，還捕捉、凝結住時間的聲音。

261

集攏霪霪
五月雨，洶湧湍
猛最上川

☆五月雨をあつめて早し最上川（1689）

samidare o / atsumete hayashi / mogamigawa

譯註：此詩收於《奧之細道》「最上川」一章。最上川是日本三大急流之一。

175

262

　　往水的源頭
　　探尋冰窖──
　　啊，柳樹

☆水の奧氷室尋る柳哉（1689）

mizu no oku / himuro tazunuru / yanagi kana

譯註：此詩前書「風流亭」，為元祿二年六月一日《奧之細道》羽黑
山之行途中，於新莊之富商澀谷甚兵衛宅所作。見於《曾良書簡》，
而未收於《奧之細道》中。

263

　　最上川向海大開──
　　風的香味也
　　讓人覺得南方近了

☆風の香も南に近し最上川（1689）

kaze no ka mo / minami ni chikashi / mogamigawa

譯註：此詩前書「盛信亭」，為元祿二年六月二日《奧之細道》羽黑
山之行途中，於新莊之富商澀谷九郎兵衛之宅所作。見於《曾良書
簡》，而未收於《奧之細道》中。九郎兵衛是前日所訪甚兵衛的兄
長。白居易〈首夏南池獨酌〉詩有句「薰風自南至」。

264

謝天謝地啊
南谷
薰風飄雪香

☆有難や雪を薫らす南谷（1689）

arigata ya / yuki o kaorasu / minamidani

譯註：此詩收於《奧之細道》「出羽三山」一章。夏風夾雪香，雪糕
湧夏涼——有這麼美味，冰、涼、暖三溫暖「田園風」的南谷，怎
能不謝天謝地呢？日文「有難」，謝謝之意。

265

雲疊奇峰幾度
興崩月山上——
終成明月之山

☆雲の峰幾つ崩れて月の山（1689）

kumo no mine / ikutsu kuzurete / tsuki no yama

譯註：此詩前書「月山」，收於《奧之細道》「出羽三山」一章。月
山為出羽三山之最高峰。芭蕉在詩中美妙運用了「月山」的雙意，
的確是一流詩人。

266

涙濕衣袖——
啊，湯殿山的神秘
不可言之……

☆語られぬ湯殿にぬらす袂かな（1689）

katararenu / yudono ni nurasu / tamoto kana

譯註：此詩收於《奧之細道》「出羽三山」一章。湯殿山與性器崇拜
有關，神體為深谷間一褐色巨岩，中有溫泉噴出，為男女交合之象
徵，入山朝謁者須信守誓約「不可言之」。

267

把炎熱的一天
猛推入海——
滔滔最上川

☆暑き日を海に入れたり最上川（1689）

atsuki hi o / umi ni iretari / mogamigawa

譯註：此詩收於芭蕉《奧之細道》「鶴岡、酒田」一章。描寫最上川
在酒田挾暑氣與晝光俱下，注流入海之景。

268

象潟雨濕
合歡花：西施
黛眉愁鎖

☆象潟や雨に西施が合歡の花（1689）

kisagata ya / ame ni seishi ga / nebu no hana

譯註：此詩收於《奧之細道》「象潟」一章，芭蕉在文中說「松島含笑，象潟幽怨」，以顰目皺眉之西施比象潟。此詩直譯大致為「象潟雨濕／合歡花──／彷若西施」，為《奧之細道》中最美的詩之一。

269

汐越潮湧
濕鶴脛──
海其涼矣！

☆汐越や鶴脛ぬれて海涼し（1689）

shiogoshi ya / tsuruhagi nurete / umi suzushi

譯註：此詩亦出自《奧之細道》「象潟」一章。汐越，象潟西邊之低地，日本海海水入象潟灣處。鶴脛，即鶴腳，亦可指人在水中撩衣露出之小腿。

270

　　陰曆七月——
　　啊，七夕前夕
　　也不似常夜

☆文月や六日も常の夜には似ず（1689）

fumizuki ya / muika mo tsune no / yo ni wa nizu

譯註：此詩收於《奧之細道》「越後路」一章，為芭蕉於元祿二年七
夕前一日（七月六日）所作。日語「文月」為陰曆七月之雅稱。

271

　　萬頃怒濤
　　海湧銀河閃爍
　　横亙佐渡

☆荒海や佐渡に横たふ天の河（1689）

araumi ya / sado ni yokotau / amanogawa

譯註：此詩收於《奧之細道》「越後路」一章，為「杜詩」風鮮明的
一首壯麗傑作。佐渡，北陸道七國之一，為日本最大之島嶼，在日
本海中。

272

　　　今夜，要以
　　　藥園裡什麼花
　　　作我的草枕？

☆薬欄にいづれの花を草枕（1689）

yakuran ni / izure no hana o / kusamakura

譯註：此詩前書「在細川春庵亭」，為元祿二年七月八日《奧之細道》
途中，芭蕉宿於俳號棟雪的越後高田醫師細川春庵亭時所作。收於
《曾良書留》。

273

妓女也借宿
同一家：
萩花與秋月

☆一家に遊女も寝たり萩と月（1689）

hitotsuya ni / yūjo mo netari / hagi to tsuki

譯註：此詩收於《奧之細道》「市振」一章。在此章中芭蕉敘述當夜
在市振借宿之所另有兩位妓女投宿，她們見穿黑色法衣的芭蕉與曾
良，以為是僧侶，懇求允許不識路的她們隔日與之同行，「追隨法師
之後，求賜法衣之德，懷抱慈悲，以結佛緣」。芭蕉覺其情甚可
憐，但依然說了一堆「大」道理婉拒，然後命曾良將此詩錄下。萩
花與秋月，孰高潔，孰悲涼？「遊女」與「偽遊行僧」，誰是真正的
浮世浪遊者？有人據此詩之事說芭蕉不愛女生。但有人說女生愛男
生，男僧也會愛女生。

274

無情烈日
紅煌煌——啊
幸有秋風

☆あかあかと日は難面くも秋の風（1689）

akaaka to / hi wa tsurenaku mo / aki no kaze

譯註：此詩收於《奧之細道》「金澤」一章，前書「途中吟」。日文「あかあか」，可寫成「赤赤」，紅紅、紅煌煌之意。

275

秋涼：
每個人動手幫忙
去瓜皮茄子皮吧

☆秋涼し手毎にむけや瓜茄子（1689）

aki suzushi / tegoto ni muke ya / uri nasubi

譯註：此詩收於《奧之細道》「金澤」一章，前書「應某草庵之邀」。

276

我的哭聲是
秋風，
墳墓也顫動

☆塚も動け我が泣く声は秋の風（1689）

tsuka mo ugoke / waga naku koe wa / aki no kaze

譯註：此詩收於《奧之細道》「金澤」一章，是哭英年早逝之俳人、金澤茶商小杉一笑之作。由 6-7-5、十八音節構成，屬「破調」句。

277

嗚呼噫嘻哉——
昔日戰盔下
紡織娘鳴叫

☆むざんやな甲の下のきりぎりす（1689）

muzan ya na / kabuto no shita no / kirigirisu

譯註：此詩收於《奧之細道》「小松」一章，嘆昔日戰將之盔，今日與秋風、蟋蟀為伍，可說是《奧之細道》「平泉」一章「在奧州高館」一詩（見本書 254 首）的變奏——「一將功成萬骨枯，萬古無一將不枯……」，詩中的紡織娘似乎如是鳴唱。

278

被雨淋透的旅人，
和雨中萩花──
一樣動人

☆濡れて行くや人もをかしき雨の萩（1689）

nurete yuku ya / hito mo okashiki / ame no hagi

譯註：此詩前書「在歡生亭」，為元祿二年七月二十六日《奧之細道》
旅途中於石川縣小松所作。見於芭蕉的詩歌手稿。

279

> 山中溫泉香氣
> 氤氳，延年何須
> 再採菊？

☆山中や菊は手折らぬ湯の匂ひ（1689）

yamanaka ya / kiku wa taoranu / yu no nioi

譯註：此詩收於《奧之細道》「山中溫泉」一章。「山中溫泉」是位於小松西南約二十公里的著名溫泉，為「扶桑三名湯」之一。中國與日本，自古多有菊露能延壽，或飲深山菊水長生不老之事。芭蕉此詩說只要泡「山中溫泉」香噴噴、熱騰騰「養生湯」，一切就OK！不必再採菊飲菊露、浴菊花湯。《奧之細道》一書中此詩前後，芭蕉寫說「浴溫泉，聞其功效僅次於有馬……旅舍主人名久米之助，仍小童也。其父雅好俳諧……」芭蕉在此似有艷遇，遇年僅十四歲的久米之助（1676-1751），立刻收他為門人，俳號「桃妖」。別離時芭蕉寫了兩詩相贈——「湯の名残り今宵は肌の寒からん」（將別溫泉——／今宵我的肌寒，肌寒……）；「湯の名残り幾度見るや霧のもと」（將別溫泉——／幾度回看／溫泉霧氣下……）——此二詩別具一種桃色之妖冶之美，引人遐思、心動。

280

　　從今而後，且讓
　　笠上露水抹去
　　「同行」誓言

☆今日よりや書付消さん笠の露（1689）

kyō yori ya / kakitsuke kesan / kasa no tsuyu

譯註：此詩收於《奧之細道》「山中溫泉」一章。與芭蕉同行的曾良因罹腹疾先行離去，留詩云──「行行てたふれ伏とも萩の原」（行行復行行，／即便倒地／也在萩花之野）。芭蕉詩中「同行」誓言即兩人先前書於笠上之「乾坤無住同行二人」八字。抹去芭蕉笠上題字的，除了露水，恐怕還有淚水。

281

　　石山之石
　　白——秋風
　　色更白

☆石山の石より白し秋の風（1689）

ishiyama no / ishi yori shiroshi / aki no kaze

譯註：此詩收於《奧之細道》「那谷寺」一章，前書「詣那谷寺觀音」。那谷寺在小松市那谷町，依《奧之細道》所說，「有大慈大悲觀音像……奇石嶙峋，古松成排……」。境內全山由白石英粗面岩之奇岩怪石與洞窟構成，誠奇勝幽境也。

282

題詩扇上
強撕裂，別後分惜
待續情……

☆物書いて扇引き裂く余波哉（1689）

mono kaite / ōgi hikisaku / nagori kana

譯註：此詩收於《奥之細道》「汐越松、天龍寺、永平寺」一章，前
書「金澤詩人北枝，言僅送我一程，不意竟伴我至此處。所歷風
景，必絞盡腦汁吟詠之，時有妙句。今將一別……」。芭蕉以此機
智與感性並濟之詩相贈、惜別。北枝即「蕉門十哲」之一的立花北
枝，他在芭蕉《奥之細道》途中於所居金澤拜芭蕉為師，一路隨侍
至此處松崗天龍寺始別，前後二十餘日。

283

月光何其純白
在代代遊行僧搬至
神前的白砂上

☆月清し遊行の持てる砂の上（1689）

tsuki kiyoshi / yugyō no moteru / suna no ue

譯註：此詩收於《奧之細道》「敦賀」一章，有前書「元祿二年，在敦賀港賞月，詣氣比明神，聞遊行上人搬鋪白砂古例」。一六八九年八月十四日，芭蕉投宿敦賀港，《奧之細道》上寫著「是夜，天清月尤明」，芭蕉至氣比神宮詣氣比明神，「月光自松樹暗葉間漏下，映照著殿前的白砂，仿若鋪霜。主人云：『昔有遊行二世上人，立宏願，親身除草，搬運土石，填乾泥沼，除去參拜行道之苦。古例傳自今日，代代遊行上人皆依例搬砂獻於神前，謂之遊行搬砂』」。這首詩既蕭穆又清純，美如月光映照白砂，千載流銀。

190

284

　　吊鐘倒垂

　　沉海底，明月

　　今宵無影蹤

☆月いづく鐘は沈める海の底（1689）

tsuki izuku / kane wa shizumeru / umi no soko

譯註：此詩前書「中秋夜宿敦賀，降雨」，為元祿二年八月十五日
《奧之細道》途中，於雨天之敦賀所作。收於《芭蕉翁一夜十五
句》。吊鐘，掛在寺院之鐘樓等處的撞鐘。此處所指為傳說沉沒於
海底之戰鐘（軍鐘）。1337 年 3 月，新田義貞與足利尊氏爭戰於敦
賀，新田軍戰敗，軍鐘沉於海底，為沙所埋。

285

　　不只月亮，

　　相撲賽也因雨

　　中止，破相……

☆月のみか雨に相撲もなかりけり（1689）

tsuki nomi ka / ame ni sumō mo / nakarikeri

譯註：此詩亦作於敦賀，前書「濱」，寫中秋夜遇雨，連每年定期在
氣比海濱舉行的相撲賽也跟著取消。收於《芭蕉翁一夜十五句》。

286

　　白浪碎身沙上——
　　啊，小小的貝殼
　　和萩花的碎瓣……

☆浪の間や小貝にまじる萩の塵（1689）

nami no ma ya / kogai ni majiru / hagi no chiri

譯註：此詩收於《奧之細道》「種濱」一章。元祿二年八月十六日所作。是日雨過天晴，芭蕉乘舟往種濱（敦賀灣西北部海岸），欲拾真赭小貝。

287

　　萩花啊，讓你的
　　小碎瓣滴落於小貝殼
　　成為我的小酒杯

☆小萩散れますほの小貝小盃（1689）

kohagi chire / masuho no kogai / kosakazuki

譯註：此詩前書「種濱的誘引」，亦為八月十六日於敦賀海岸所作。見於《俳諧鷹獅子集》，而未收於《奧之細道》。

288

　秋已深——
　這隻青色幼蟲仍未
　化成蝶

☆胡蝶にもならで秋経る菜虫哉（1689）

kochō ni mo / narade aki furu / namushi kana

譯註：此詩為元祿二年八月二十一日左右，芭蕉《奧之細道》旅途
之末於大垣門人近藤如行住處所作，見於《後之旅》一書，而未收
於《奧之細道》中。似乎顯現出一種壯遊後的鬆弛或虛弱感。

289

　　秋去也——
　　蛤蜊殼肉一分二
　　在此一別二見行……

☆蛤のふたみに別れ行く秋ぞ（1689）

hamaguri no / futami ni wakare / yuku aki zo

譯註：此詩收於《奧之細道》「大垣」一章。芭蕉約在元祿二年
（1689）八月二十一日抵大垣。此詩為《奧之細道》中最後一首俳
句，為九月六日由大垣乘船往伊勢遷宮禮拜時與眾門人告別之吟
（「露通亦至港口相迎……曾良亦自伊勢來會，越人亦騎馬而至，齊
聚如行家。前川子、荊口父子及其他眾人，日夜來訪……」）。蛤蜊
為伊勢名產，二見為地名，是伊勢名勝。此句中芭蕉用了「掛詞」
（雙關語）的技巧——蛤蜊的「蓋（殼）·身（肉）」，發音與「二·
見」相同，皆為「ふた·み」（futa·mi）。芭蕉《奧之細道》途中
之詩，以「春去也」始，以「秋去也」終，對照全書開篇之句「日
月者百代之過客，來往之年亦旅人也」，殆有深意。

290

初冬第一場陣雨——
猿猴也想披上
小蓑衣

☆初時雨猿も小蓑を欲しげなり（1689）

hatsushigure / saru mo komino o / hoshige nari

譯註：此詩為元祿二年九月下旬之作，在伊勢往伊賀途中所吟。為
詩集《猿蓑》卷頭之句。

291

冬日庭園——
細如絲之月與
蟲鳴

☆冬庭や月もいとなる虫の吟（1689）

fuyuniwa ya / tsuki mo ito naru / mushi no gin

譯註：此詩為元祿二年初冬，在《奧之細道》之行結束後的伊賀上
野所作。

292

　　烏鴉啊，你
　　何事在歲末
　　飛往喧鬧市街？

☆何にこの師走の市にゆく烏（1689）

nani ni kono / shiwasu no ichi ni / yuku karasu

譯註：此詩為元祿二年歲暮之作。

293

　　以粗草蓆為服——
　　何方聖者啊，
　　共此繁花之春

☆薦を着て誰人います花の春（1690）

komo o kite / tarebito imasu / hana no haru

譯註：此詩為元祿三年元旦之作。「繁花之春」（花の春）為俳句中
表示元旦、新年之「季語」。

294

　　草屋裡

　　孤獨的女尼：冷冷

　　白杜鵑花

☆独り尼菴屋すげなし白躑躅（1690）

hitori ama / waraya sugenashi / shirotsutsuji

譯註：日文「すげなし」（素気無し：sugenashi），冷淡、冷酷之意。

295

　　櫻花大餐——

　　櫻花樹下，櫻花

　　入菜，櫻花入湯……

☆木のもとに汁も膾も桜かな（1690）

ki no moto ni / shiru mo namasu mo / sakura kana

譯註：此詩前書「賞花」，元祿三年三月二日作於伊賀上野。芭蕉自評其具「輕」（軽み）之風格的最初之作。

296

犁地的聲音如
狂風暴雨，轟轟響越
發芽的櫻麻

☆畑打つ音やあらしの桜麻（1690）

hatake utsu / oto ya arashi no / sakuraasa

譯註：此詩為元祿三年三月十一日在伊賀上野所作。櫻麻，為麻之
一種，名稱由來乃因其於櫻花盛開時播種，且其花有些花顏色類似
櫻。

297

蝴蝶的翅膀——
多少次啊，飛越
過圍欄之頂

☆蝶の羽のいくたび越ゆる塀の屋根（1690）

chō no ha no / ikutabi koyuru / hei no yane

譯註：此詩為元祿三年春寫於伊賀之作。

298

聽說它
吃蛇——真恐怖啊，
野雞的叫聲

☆蛇食ふと聞けばおそろし雉子の声（1690）

hebi kū to / kikeba osoroshi / kiji no koe

299

四面八方
風吹花
入琵琶湖⋯⋯

☆四方より花吹き入れて鳰の波（1690）

shihō yori / hana fukiirete / nio no nami

譯註：此詩為元祿三年三月，在膳所門人濱田珍碩面琵琶湖住處
「瀧落堂」所作。日文原詩中的「鳰」即鸊鷉，而琵琶湖有「鳰海」
或「鳰湖」的雅稱。位於琵琶湖西岸的膳所，在今滋賀縣大津市內。
芭蕉有俳文《瀧落堂記》。

300

> 君乃蝶，
> 我乃莊子的
> 夢工廠

☆君や蝶我や莊子が夢心（1690）

kimi ya chō / ware ya sōji ga / yumegokoro

譯註：此詩見於《怒誰宛書簡》，芭蕉元祿三年四月十日所寫之信簡中。是與近江蕉門重鎮高橋怒誰對談自然之道後，芭蕉的感言。此詩直譯大概是——「君乃蝶，我乃莊子的夢心」。莊周夢蝶，蝶夢莊周——是莊子的夢工廠製造了夢之蝶，還是蝶自己飛入了莊子的夢工廠？

301

> 賞螢——
> 船夫醉了，船像
> 螢火閃爍搖晃……

☆螢見や船頭酔うておぼつかな（1690）

hotarumi ya / sendō youte / obotsukana

譯註：此詩前書「在勢多觀賞螢火蟲」，元祿三年夏天之作。收於《猿蓑》。

302

螢火蟲，各自
發著光──花一般
投宿於眾樹上

☆己が火を木々に蛍や花の宿（1690）

onoga hi o / kigi ni hotaru ya / hana no yado

譯註：此詩為元祿三年夏，於近江之石山所寫。連句集《各自的光》
（《己が光》）開頭之句。

303

即使在京都，
聽見杜鵑啼叫，
我想念京都

☆京にても京なつかしやほととぎす（1690）

kyō nite mo / kyō natsukashi ya / hototogisu

譯註：此詩為元祿三年六月在京都停留時所作。此詩乍看有些矛
盾──人就在京都，何以又想念京都？因為京都之美太令人沉醉，
即便身在京都，照樣想念它！更何況杜鵑頻頻啼叫春天已到⋯⋯。
詩人的淡筆有時反而讓詩更富韻味。

304

別模仿我——
甜瓜切兩半
兩邊雷同煩不煩？

☆我に似るなふたつに割れし真桑瓜（1690）

ware ni niru na / futatsu ni wareshi / makuwauri

譯註：此詩寫給他的弟子難波，時三十二歲，剛入芭蕉之門——後改俳號為「之道」，是活躍於大阪的蕉門傑出之徒。

305

寒舍聊能拿來
招待的，唯
這些小蚊子也

☆わが宿は蚊の小ささを馳走かな（1690）

waga yado wa / ka no chiisaki o / chisō kana

譯註：日文「馳走」（ちそう：音 chisō），招待或款待之意。眾飛蚊來回「馳走」，招待殷勤！

306

旋將死去，
卻全然無此跡象
——蟬鳴響亮

☆やがて死ぬけしきは見えず蝉の声（1690）

yagate shinu / keshiki wa miezu / semi no koe

譯註：此詩前書「無常迅速」。日文「やがて」（頓て：音 yagate），
馬上之意。「けしき」（音 keshiki），可寫成「気色」，徵兆或跡象之
意。

307

野豬也一起
被吹起——啊
秋末狂風

☆猪もともに吹かるる野分かな（1690）

inoshishi mo / tomo ni fukaruru / nowaki kana

308

　　白髮一根一根拔，

　　枕下蟋蟀

　　唧唧唧唧叫……

☆白髮抜く枕の下やきりぎりす（1690）

shiraga nuku / makura no shita ya / kirigirisu

309

　　明月

　　耀座間，美顏盡

　　失色

☆名月や座に美しき顏もなし（1690）

meigetsu ya / za ni utsukushiki / kao mo nashi

譯註：此詩為元祿三年八月十五日之作，前書「古寺觀月」，寫中秋夜在義仲寺草庵與門人一起賞月之景。皎亮的中秋月光，閃耀在同座賞月者之間，座中即便有美容顏，與今夜明月對映，也不免相形失色。此詩另有一初稿──「名月や海に向かへば七小町」（圓月當空──／奔流入海／七小町……）。「七小町」是以小野小町為題材的七首日本謠曲（能樂作品）的總稱。小野小町是平安時代傳奇女詩人，貌美絕世，晚年淪為老醜乞丐。

310

中秋明月——
寺廟廊上，啊成列
亮相的童顏

☆名月や児立ち並ぶ堂の縁（1690）

meigetsu ya / chigotachi narabu / dō no en

譯註：此詩與前一首詩為同一夜之作——元祿三年中秋夜在義仲
寺。前一首詩的明月，讓同座賞月的美男相形失色，而在這首詩
裡，芭蕉看見（或想像）一整排因今宵月色而喜形於色、容光煥發
的天真小孩。一樣月光兩樣情。

311

可貴之士啊——
見閃電掠空，而不嘆
人生一場空

☆稲妻に悟らぬ人の貴さよ（1690）

inazuma ni / satoranu hito no / tattosa yo

譯註：此詩有前書「一位高僧說『對禪宗半生不熟的認識是巨大瑕
疵之源』，我激賞其言」。芭蕉批評那些只想炫耀對禪宗膚淺的知識
之人。此詩也可譯為「可貴之士啊——／見閃電掠空，而不／空發
頓悟語」。

312

病雁，
寒夜斷航落地——
旅途獨眠

☆病雁の夜寒に落ちて旅寝哉（1690）

byōgan no / yosamu ni ochite / tabine kana

譯註：此詩前書「在堅田」或「臥病堅田」，元祿三年九月作於近江
琵琶湖西岸之堅田。詩中病雁為芭蕉自喻，芭蕉當時患傷風，借宿
漁人茅屋。近江八景有「堅田落雁」。

313

朝茶
僧靜——
菊花開

☆朝茶飲む僧静かなり菊の花（1690）

asacha nomu / sō shizukanari / kiku no hana

譯註：此詩前書「在堅田祥瑞寺」。

314

初雪——
行腳僧背上
笈之顏色

☆初雪や聖小僧の笈の色（1690）

hatsuyuki ya / hijirikozō no / oi no iro

譯註：此詩甚美，特別當你想到芭蕉寫了一冊修改了一輩子，死後
方出版的俳諧紀行文《笈之小文》。此詩作於元祿三年冬，前書「旅
行」。日文原作中的「聖小僧」是行走各方，傳教、化緣的低階僧
侶。「笈」是裝書籍、衣服與旅行用品的背箱，塗黑漆的木器。一整
年長途旅行，僕僕風塵，行腳僧背上的黑色木箱，顏色居然逐漸剝
落成眼前歲末第一場新雪。雪色中的「笈」之色——佗也，寂也——
佗び（wabi），寂び（sabi）。

315

旅人驛動的
心——無法固定於
一處的被爐

☆住みつかぬ旅の心や置火燵（1690）

sumitsukanu / tabi no kokoro ya / okigotatsu

譯註：日語「置火燵」，意為可以隨意移動的覆被暖爐。

207

316

　　神社忘年會，
　　半日連吟作歌仙：
　　幸與神為友！

☆半日は神を友にや年忘れ（1690）

hanjitsu wa / kami o tomo ni ya / toshiwasure

譯註：此詩前書「年忘歌仙」，為元祿三年冬芭蕉於京都上御靈神社
神官小栗棲佑玄召集之「年末歌仙會」上，所吟之發句。日本俳諧
「連句」以發句（5-7-5、十七音節，稱長句或前句）起頭，繼之以
脇句（7-7、十四音節，稱短句或付句），然後再輪番附和以長句與
短句，三十六句即連為一卷「歌仙」，乃蕉風俳諧以降連句的主流。
芭蕉此詩頗妙，眾俳友歲末在「神」社連吟歌「仙」，半日詩興大發
外，又有幸在「神」、「仙」之間與神為友，忘年、忘我！

317

冬寒中，

鮭魚乾與

空也僧之瘦

☆乾鮭も空也の瘦も寒の中（1690）

karazake mo / kūya no yase mo / kan no uchi

譯註：此詩寫於元祿三年十二月，旅行京都期間夜聞「空也僧」叩
缽修行，有感而作，「空也僧」是京都空也堂所屬之半僧半俗修行
者，修行時每腰繫瓢簞，叩缽唸佛吟唱。詩中描寫寒冬乾魚、瘦
僧，而芭蕉此詩枯乾、空寂風格，也是又寒、又瘦。

318

平日令人厭的烏鴉

今晨雪景中

黑白相間也順眼

☆ひごろ憎き烏も雪の朝哉（1690）

higoro nikuki / karasu mo yuki no / ashita kana

319

在比良、三上

兩山之雪間，一座

銀翼的白鷺橋

☆比良三上雪さしわたせ鷺の橋（1690）

hira mikami / yuki sashiwatase / sagi no hashi

譯註：比良山在琵琶湖西岸；三上山在琵琶湖東岸，形美，有「近江富士」之稱。此詩轉牛郎織女的銀河鵲橋，為銀雪、銀翼搭成的白鷺橋。

320

木曾堅毅的

精神──雪底下

冒出之春草

☆木曾の情雪や生えぬく春の草（1691）

kiso no jō / yuki ya haenuku / haru no kusa

譯註：此詩為元祿四年一月，於義仲寺草庵詠讚木曾義仲之作。木曾義仲（1154-1184），日本平安時代末期著名武將，原名源義仲，因在信濃國木曾谷（今長野縣木曾郡木曾町）長大，故被稱作木曾義仲。

321

山裡萬葳
遲遲來賀歲，
一如梅花

☆山里は万歳遅し梅の花（1691）

yamazato wa / manzai ososhi / ume no hana

譯註：此詩寫於元祿四年一月。日文原詩中的「万歳」（まんざい，音 manzai），指的是日本往昔於新春期間巡迴各戶，祈求福壽的藝能表演。是喜劇表演形式「漫才」（まんざい）的前身。

322

年年
櫻樹以花塵為
肥料

☆年々や桜を肥やす花の塵（1691）

toshidoshi ya / sakura o koyasu / hana no chiri

323

在麥飯
和戀愛間，
母貓瘦了

☆麦飯にやつるる恋か猫の妻（1691）
mugimeshi ni / yatsururu koi ka / neko no tsuma

324

暫懸於
春花之上──
這月夜

☆しばらくは花の上なる月夜かな（1691）
shibaraku wa / hana no ue naru / tsukiyo kana

325

慵懶倦惰──
終被春雨從
床上喚醒……

☆不精さや掻き起されし春の雨（1691）
bushōsa ya / kakiokosareshi / haru no ame
譯註：此詩為元祿四年二月左右之作。收於《猿蓑》。

326

暗夜──
看不到它的巢，
千鳥悲鳴

☆闇の夜や巣をまどはして鳴く䧢（1691）
yami no yo ya / su o madowashite / naku chidori
譯註：此詩為元祿四年春之作。收於《猿蓑》。

327

　　衰矣，海苔中的
　　一粒砂子
　　咬壞了我的牙齒

☆衰ひや歯に喰ひ当てし海苔の砂（1691）

otoroi ya / ha ni kuiateshi / nori no suna

328

　　柚子花開──撲鼻
　　豈只花香，還有往昔的
　　眾味：盛宴料理間

☆柚の花や昔忍ばん料理の間（1691）

yu no hana ya / mukashi shinoban / ryōri no ma

譯註：此詩收於《嵯峨日記》，為芭蕉於元祿四年四月十八日至五月四日，居住於其門人向井去來（1651-1704，蕉門十傑中最傑者）在京都嵯峨之別墅「落柿舍」時之日記。此詩為四月二十日所記，追憶昔日富商豪宅奢華盛況，可謂色香味俱全。「料理間」為富裕之家以餐盤拼合各色菜肴之備膳房，有別於廚房。

329

　　杜鵑啼聲
　　隨月光滲透
　　廣大竹林

☆ほととぎす大竹藪を漏る月夜（1691）

hototogisu / ōtakeyabu o / moru tsukiyo

譯註：此詩收於《嵯峨日記》，為元祿四年四月二十日所作。

330

　　啊，布穀鳥——
　　你讓憂愁的我
　　更覺寂寞

☆憂き我をさびしがらせよ閑古鳥（1691）

uki ware o / sabishigaraseyo / kankodori

譯註：此詩收於《嵯峨日記》，為元祿四年四月二十三日所記，詩之前後，芭蕉說——「獨居之趣遠勝其他。長嘯隱士曰：『客得半日之閑，主失半日之閑。』素堂甚喜此言，余亦有一句……此乃獨宿某寺時所作」。長嘯隱士，即歌人木下長嘯。素堂，即芭蕉一生俳諧至友山口素堂。

331

擊掌，回聲清澈響

亮天光——

夏日曉月

☆手を打てば木魂に明くる夏の月（1691）

te o uteba / kodama ni akuru / natsu no tsuki

譯註：此詩收於《嵯峨日記》，前書「二十三日」，為元祿四年四月
二十三日所作。日本人有「月待」之會，每月十七、二十三、
二十六此三夜，偕朋或獨自等待月出，賞月至天明。今日適逢
二十三之夜。

332

夏夜——隨（樹靈

亦步亦趨的）木屐的

回音，逐步走光轉明

☆夏の夜や木魂に明くる下駄の音（1691）

natsu no yo ya / kodama ni akuru / geta no oto

譯註：此詩為元祿四年四月二十三日芭蕉於京都嵯峨落柿舍所作，
未收於其《嵯峨日記》。此詩中，日文「木魂」（こだま：音
kodama）為雙關語，既指樹木的精靈，亦指回聲。

333

　　我庸才無能，只想
　　得一好眠——叫叫子
　　鳥啊，幹嘛叫不停？

☆能なしの眠たし我を行々子（1691）

nōnashi no / nemutashi ware o / gyōgyōshi

譯註：此詩收於《嵯峨日記》，亦為四月二十三日所作。叫叫子，日語「行行子」，即葦鶯，甚聒噪之鳥。

334

　　五月梅雨：
　　貼壁的彩紙剝落——
　　色點斑斑

☆五月雨や色紙へぎたる壁の跡（1691）

samidare ya / shikishi hegitaru / kabe no ato

譯註：此為《嵯峨日記》中最後一首俳句，五月四日所作，前書「昨宵未寢，終日疲憊、沉睡。午後雨止。明日將離落柿舍，依依難捨，乃巡看舍內每一房間」。貼壁色紙，因梅雨、黴雨，受潮剝落，殘跡點點。來訪半月、暫做「舍」監的芭蕉，日記詩文中留下的，也是情意斑斑。

335

　　包著粽子
　　她用一隻手，把瀏海
　　撥到耳後

☆粽結ふ片手にはさむ額髪（1691）

chimaki yū / katate ni hasamu / hitaigami

譯註：芭蕉詩中不乏對女性的描寫與讚賞。有論者以為此詩刻繪的
女子可謂芭蕉的「蒙娜麗莎」──短短十七音節，精準、動人地捕
捉了一個勞動的女子隱藏的美與優雅。

336

　　薰風送香，
　　即使短外套衣領
　　破破補補

☆風薰る羽織は襟もつくろはず（1691）

kaze kaoru / haori wa eri mo / tsukurowazu

譯註：此詩於元祿四年六月一日寫於京都左京區一乘寺詩仙堂，前
書「謁丈山之像」。丈山即石川丈山（1583-1672），是江戶時代初期
著名的漢詩人、武將，是德川家康的家臣，助其建立功名。詩仙堂
為丈山於 1641 年所建。此詩既歌詠夏日薰風，亦讚嘆詩人丈山流芳
之美德。

337

　　秋海棠開了花，

　　啊，花色

　　像西瓜色

☆秋海棠西瓜の色に咲きにけり（1691）

shūkaidō / suika no iro ni / sakinikeri

338

　　牛棚裡

　　蚊聲陰暗——

　　暑熱不散

☆牛部屋に蚊の声暗き残暑かな（1691）

ushibeya ni / ka no koe kuraki / zansho kana

譯註：此詩寫於元祿四年七月，芭蕉驅使其擅長的「聯覺」技巧，
以聲音表現色彩（「蚊聲陰暗」），與其先前的名句「海暗了，／鷗
鳥的叫聲／微白」（本書107首）相呼應。

339

　　秋色多汁──
　　雖我連可裝
　　米糠醬之罈都無

☆秋の色糠味噌壷もなかりけり（1691）

aki no iro / nukamiso tsubo mo / nakarikeri

譯註：此詩為元祿四年秋，四十八歲的芭蕉寫於膳所義仲寺之作，有前書「句空請我為兼好之畫寫畫贊，以留在庵裡」。句空即芭蕉門人句空宛。兼好即《徒然草》作者吉田兼好（1293-1358），生無恆產，有人說他僅有一每日用以行乞之缽。日語「糠味噌」（音nukamiso）為以鹽水等攪入米糠攪拌，發酵後做成之調味醬。

340

　　今宵三井寺──
　　敲門是月光的
　　銀指甲

☆三井寺の門敲かばや今日の月（1691）

miidera no / mon tatakabaya / kyō no tsuki

譯註：此詩前書「中秋月」。直譯大概為「今宵明月──／啊，來敲／三井寺的門」，是賈島「僧敲月下門」一句的變奏。

341

打開鎖，讓
月光進門──
滿月浮御堂

☆鎖明けて月さしいれよ浮御堂（1691）

jō akete / tsuki sashiireyo / ukimidō

譯註：此詩前書「堅田十六夜之辯」，堅田灣在琵琶湖西岸，浮御堂
又稱滿月寺，建於湖中。此處「十六夜」為當年陰曆八月十六夜。

342

九次醒來看
月──啊
才凌晨四點！

☆九たび起きても月のセツ哉（1691）

kokono tabi / okite mo tsuki no / nanatsu kana

譯註：此詩寫於元祿四年的江戶。秋夜漫漫（「古代人」的秋夜當
更慢、更長！），芭蕉秋夜不能深眠，九度醒來，發覺還只是凌晨
四點。九，象其多也。日語「セツ」（即「七つ」：音 nanatsu）指凌
晨或者下午四點。

343

> 看落葉──
> 即知
> 庭園已百年

☆百歳の気色を庭の落葉哉（1691）

momotose no / keshiki o niwa no / ochiba kana

譯註：此詩為元祿四年十月之作，所寫為彥根市平田淨土宗明照寺。

344

> 水洗泥落，純白
> 無瑕的蔥──
> 冷哪！

☆葱白く洗ひあげたる寒さかな（1691）

nebuka shiroku / araiagetaru / samusa kana

譯註：此首藉視覺（蔥的白），生動傳達「冷」感（蔥的冷、冬日的冷）的芭蕉名句，亦為元祿四年十月之作。

345

水仙與白紙拉門
——相互對影
自憐告白

☆水仙や白き障子のとも移り（1691）

suisen ya / shiroki shōji no / tomoutsuri

譯註：日語「障子」（音 shōji），紙拉門。

346

等待雪降——
好飲的酒徒們臉上
電光閃閃

☆雪を待つ上戸の顔や稲光（1691）

yuki o matsu / jōgo no kao ya / inabikari

譯註：此詩有前書「在耕月亭」，為元祿四年十月末之作。「耕月」
為芭蕉在三河國新城的門人菅沼權右衛門的俳號。是日，芭蕉在三
河的門人們群聚於權右衛門家舉行俳句會、宴會。

347

自有其存活
之道——雪中的
枯芒草

☆ともかくもならでや雪の枯尾花（1691）

tomokaku mo / narade ya yuki no / kareobana

348

無人注意的春意——
鏡子背面刻繪的
梅花

☆人も見ぬ春や鏡の裏の梅（1692）

hito mo minu / haru ya kagami no / ura no ume

譯註：此詩為元祿五年初春之作。（青銅）鏡背面刻繪有梅花，但比
諸大庭廣眾間燦放的春梅，春復一春臨鏡自照的浮世香客，有幾人
發現鏡子背面，暗香、綺色永在的春天？此詩讓想起英國詩人濟慈
詠「藝術（品）力量」的名作〈希臘古甕頌〉。

349

艷羨啊，
浮世極北處——
山櫻燦開

☆うらやまし浮世の北の山桜（1692）

urayamashi / ukiyo no kita no / yamazakura

譯註：此詩為元祿五年春，芭蕉送給金澤門人句空宛之句，羨慕其住在靜美的「浮世極北」北國金澤。此時的芭蕉，身邊頗多困擾自己之事。

350

一隻黃鶯，把
糞便滴在餅上搶鮮
——就在廊邊

☆鶯や餅に糞する縁の先（1692）

uguisu ya / mochi ni funsuru / en no saki

351

要瞭解我的心嗎

用一花

和一乞食之鉢吧

☆この心推せよ花に五器一具（1692）

kono kokoro / suiseyo hana ni / goki ichigu

譯註：日語「五器」（音 goki），指碗、鉢等盛裝食物的器具。

352

兩隻貓愛愛完後

臥室裡

月光曖曖……

☆猫の恋やむとき閨の朧月（1692）

neko no koi / yamu toki neya no / oborozuki

353

邊走邊數著
一家又一家的
梅柳梅柳梅柳

☆数へ来ぬ屋敷屋敷の梅柳（1692）

kazoekinu / yashiki yashiki no / ume yanagi

譯註：此詩有前書「緩步」。

354

七夕的今宵，願
七株萩花繁燦為千棵
──千顆星斑斕

☆七株の萩の千本や星の秋（1692）

nanakabu no / hagi no chimoto ya / hoshi no aki

譯註：此詩寫於元祿五年七夕，乃芭蕉賀其一生俳友山口素堂（1642-1716）七十七歲母親壽辰之作，是一首匯集「七」之趣的晶瑩巧詩。原作中的「星の秋」指陰曆七月七日七夕。

355

　　且將芭蕉葉
　　懸新柱，聊添
　　草庵月夜趣

☆芭蕉葉を柱に懸けん庵の月（1692）

bashōba o / hashira ni kaken / io no tsuki

譯註：此詩前書「移芭蕉詞」。元祿五年五月中旬，芭蕉門人出資於深川舊芭蕉庵附近新建（第三次之）芭蕉庵。八月，移芭蕉樹至新庭。

356

　　中秋明月——
　　漲起的波光對著門
　　洶湧而來

☆名月や門に指し来る潮頭（1692）

meigetsu ya / mon ni sashikuru / shiogashira

譯註：此詩寫於元祿五年八月十五夜的深川新芭蕉庵。

357

綠顏固然佳
——如今
漸成紅辣椒

☆青くてもあるべきものを唐辛子（1692）

aoku te mo / arubeki mono o / tōgarashi

358

川流皎月銀
粉絲……上下游
同加為好友

☆川上とこの川下や月の友（1692）

kawakami to / kono kawashimo ya / tsuki no tomo

譯註：此詩寫於元祿五年（1692）秋，前書「在深川下游，五本松處泛舟」。詩中的川名為「小名木川」，中秋夜，芭蕉在下游芭蕉庵不遠處的五本松泛舟賞月，詩友、俳人山口素堂當也在河上游住處附近賞月——兩人在上游、下游同時加「今宵明月」為好友，對著川流不息的今宵銀月粉絲，出神玩味，不停按讚……

229

359

　　和秋天一同
　　旅行——我願一路
　　行到小松川

☆秋に添うて行かばや末は小松川（1692）
aki ni soute / yukabaya sue wa / komatsugawa

譯註：此詩有前書「與桐溪欣遊女木澤」，為元祿五年九月之作。桐溪為芭蕉詩友，江戶深川人。女木澤，別名木川，在東京都江東區北砂町附近。小松川指小松川村、砂村（今東京都江東區砂町）。

360

　　又是一年
　　開爐時——泥瓦匠
　　兩鬢飛霜

☆炉開きや左官老い行く鬢の霜（1692）
robiraki ya / sakan oiyuku / bin no shimo

361

秋已盡
仍煥發著希望——
青蜜柑

☆行く秋のなほ頼もしや青蜜柑（1692）

yuku aki no / nao tanomoshi ya / aomikan

362

鹽漬過的鯛魚
齒齦冷得
慘白：魚店裡

☆塩鯛の歯ぐきも寒し魚の店（1692）

shiodai no / haguki mo samushi / uo no tana

譯註：冬日荒涼魚店裡，死去的鯛魚冷齒暴露，淒寒之感字裡行間
畢現。論者以為乃芭蕉最高傑作之一。

363

庭院掃雪──
拿了掃帚
忘了雪

☆庭掃きて雪を忘るる帚かな（1692）

niwa hakite / yuki o wasururu / hahaki kana

譯註：此詩是芭蕉自畫寒山像之「畫贊」句。

364

寒天刺人：
治療我花月之愚的
最佳針灸

☆月花の愚に針立てん寒の入り（1692）

tsuki hana no / gu ni hari taten / kan no iri

365

初冬第一場陣雨：
讓我們
只今天感覺老吧

☆今日ばかり人も年寄れ初時雨（1692）

kyō bakari / hito mo toshiyore / hatsushigure

譯註：此詩作於元祿五年十月三日。「初時雨」（秋冬之交第一場陣雨）古來即有「老」之意涵，但芭蕉卻試圖推翻之，說老一天即可，其餘日子天天年輕。

366

年復一年
猴子戴著
猴面具⋯⋯

☆年々や猿に着せたる猿の面（1693）

toshidoshi ya / saru ni kisetaru / saru no men

譯註：此詩寫元祿六年，前書「元旦」。芭蕉同鄉門人服部土芳在其俳論《三冊子》中記五十歲的芭蕉此句說「此歲元旦，師有感而發曰：人止於原處，年年陷落在原處⋯⋯」。果如是，這首詩讀起來就有點像「荒謬劇場」上，禪宗師父受邀開舞的新年人猴假面舞會了⋯⋯

367

　　蒟蒻啊，你
　　今天賣的
　　沒有嫩菜多

☆蒟蒻に今日は売り勝つ若菜哉（1693）
konnyaku ni / kyō wa urikatsu / wakana kana

譯註：蒟蒻亦稱鬼芋、魔芋。五十歲的芭蕉此首俳句將野菜擬人化，頗滑稽、有趣。雖入晚年，仍保有一顆年輕、純真之心，對身邊自然界小東西依然興趣盎然。與謝蕪村 1752 年所寫的「蘿蔔已成／老武士──啊，新秀／嫩菜今登場」（老武者と大根あなどる若菜哉）一句，似乎受其啟發。

368

　　月與梅花──
　　啊春色
　　已漸成形

☆春もやや気色ととのふ月と梅（1693）
haru mo yaya / keshiki totonou / tsuki to ume

369

銀魚
在萬法之網裡睜開
黑眼

☆白魚や黒き目を明く法の網（1693）

shirauo ya / kuroki me o aku / nori no ami

譯註：此詩前書「題蜆子像」。蜆子是奇行、名高之中國宋代禪僧。居無定所，冬夏唯披一衲，逐日沿江岸採掇蝦蜆，以充其腹，居民稱為「蜆子和尚」。

370

布穀鳥
叫聲，橫劃過
水面上

☆郭公声横たふや水の上（1693）

hototogisu / koe yokotau ya / mizu no ue

371

迥異於
風月之財——
啊，牡丹

☆風月の財も離れよ深見艸（1693）

fūgetsu no / zai mo hanare yo / fukamigusa

譯註：此詩寫於元祿六年夏。日語「深見艸」，牡丹之別名。

372

夕顏花白：
我把紅紅的醉臉
探出窗外

☆夕顔や酔うて顔出す窓の穴（1693）

yūgao ya / youte kao dasu / mado no ana

373

　　晝顏花開了，
　　孩子們
　　我們切西瓜吧

☆子供等よ昼顔咲きぬ瓜剥かん（1693）
kodomora yo / hirugao sakinu / uri mukan

374

　　靠著窗口，
　　以竹蓆為我
　　晝寢臥榻！

☆窓形に昼寝の台や簟（1693）
madonari ni / hirune no dai ya / takemushiro

譯註：此詩寫於元祿六年夏，前書「慕晉陶淵明」。芭蕉所慕者大概是陶淵明的安貧樂道、任真自在吧。陶淵明〈與子儼等書〉「常言五六月中，北窗下臥，遇涼風暫至，自謂是羲皇上人……」——夏五六月北窗下臥，而且是睡白日涼涼懶覺……

375

銀河水漲橋斷，
牛郎織女星
岩上旅夜愁度

☆高水に星も旅寝や岩の上（1693）

takamizu ni / hoshi mo tabine ya / iwa no ue

譯註：此詩前書「小町之歌」，元祿六年（1693）七夕夜所作。是日大雨，芭蕉想像天河裡牛郎、織女星，被大水所阻，今夕當無法度鵲橋合歡，遂用了平安時代女詩人小野小町（834-880）短歌中在岩上過夜之典故，寫了這首牛郎織女七夕受困岩上的俳句──我們不知道他倆是因於同一岩上，或抱著各自的大石頭？小野小町為《古今和歌集》中的「六歌仙」之一，詩風艷麗纖細，感情熾烈真摯。她是絕世美女，晚年據說淪為老醜乞丐。她有次訪奈良石上寺，日已暮，決定在此過夜，天明再走，聞「六歌仙」中的僧正遍昭在此，遂寫了一首帶調侃、挑逗味的短歌，探其反應──「在此岩上／我將度過旅夜，／冷啊，／能否借我／你如苔的僧衣？」僧正遍昭也機智地回詠以──「這遁世的／苔之衣只有／一件，不借／未免薄情，兩個人／一起睡好嗎？」芭蕉有一首十四音節的連歌短句（付句）「浮世の果ては皆小町なり」（浮生盡頭皆小町）──銀河的盡頭，愛情的終點，也不例外地響著小町最終的悲歌嗎？

376

　　萩花搖擺有致——
　　花上的露珠
　　一滴也沒跌下……

☆白露もこぼさぬ萩のうねり哉（1693）
shiratsuyu mo / kobosanu hagi no / uneri kana

377

　　牽牛花——
　　一整日在籬笆上
　　替我鎖門閉戶

☆朝顔や昼は鎖おろす門の垣（1693）
asagao ya / hiru wa jō orosu / mon no kaki

譯註：此詩前書「元祿六年秋，人倦，閉關」。元祿六年（1693）是
芭蕉悲傷的一年，他視如己出、回芭蕉庵養病的外甥桃印，在三月
間去世。七月中旬起，閉門謝客，作〈閉關說〉一文，謂「人來則
作無用之議論，出門則不安擾礙他人事務。是以孫敬閉戶，杜五郎
鎖門。以無友為友，以貧為富矣」——芭蕉庵內外與芭蕉為友，為
其鎖門阻客的，唯籬上朝顏花。至八月中旬，芭蕉始結束閉關。

牽牛花——
它們現在也不是
我的朋友了

☆蕣や是も又我が友ならず（1693）

asagao ya / kore mo mata waga / tomo narazu

譯註：此詩前書「深川閉關之頃」。日文原詩中的「蕣」是朝顏（牽牛花）的別名。這首詩頗奧秘、費解：前一首詩以「朝顏」為唯一貼身知己，在這首詩裡居然連牽牛花也非我友了！原因何在——是朝顏花好，而芭蕉人日老嗎？是牽牛花燦亦短暫有時嗎？是芭蕉體衰晏起，不及朝朝朝拜朝顏之美嗎？是花色讓人相形失色？是即使花顏也不再能艷麗其心灰？或者花是花，人是人，物我兩不相及，各自寂寞——而這就是宇宙、人生真相——每一人／物都獨一無二，獨一無二地面世、謝世，戴面具或不戴面具，謝謝此世……

腥臭斃了！
鴨舌草上
鮠魚的腸子

☆なまぐさし小菜蔥が上の鮠の腸（1693）

namagusashi / konagi ga ue no / hae no wata

380

通宵酒宴等待
日出——豆腐串裡
升起菊花香……

☆影待や菊の香のする豆腐串（1693）
kagemachi ya / kiku no ka no suru / tōfugushi

381

冬日幽困——
金屏風上畫的老松
更老了

☆金屏の松の古さよ冬籠り（1693）
kinbyō no / matsu no furusa yo / fuyugomori

382

菊香
入鼻——庭園裡
一隻破草鞋的鞋底

☆菊の香や庭に切れたる履の底（1693）
kiku no ka ya / niwa ni kiretaru / kutsu no soko

383

搗米的臼在一旁——
微白的米糠
紛紛落在冬菊上

☆寒菊や粉糠のかかる臼の端（1693）
kangiku ya / konuka no kakaru / usu no hata

384

坐在馬鞍上——
一個小男孩
要去拔大蘿蔔

☆鞍壺に小坊主乗るや大根引（1693）

kuratsubo ni / kobōzu noru ya / daikonhiki

385

武士的
談話——啊帶著
蘿蔔的苦味

☆もののふの大根苦き話哉（1693）

mononofu no / daikon nigaki / hanashi kana

譯註：此詩前書「喫著菜根，終日與武士對話」（菜根を喫して終日
丈夫に対話す），是元祿六年冬芭蕉在伊賀武士藤堂玄虎江戶宅
邸，和他以及醫者清水周竹、儒學者梁田龜毛四人連吟時所作之發
句，向主人玄虎致意。玄虎是食祿1500石的領主，談話頗規矩、有
禮，讓慣與市井之民自由閒聊的芭蕉略覺嚴肅、堅苦。但他並沒有
排斥這有點拘謹的氛圍，幽默地將之比作蘿蔔的苦味。本書第46首
詩前書裡，芭蕉曾說「丈夫（指身強者、剛勇者或武士）喫菜根」。
他一邊喫著菜根／蘿蔔，一邊聽著吃慣了菜根／蘿蔔的男子漢大丈
夫，大發夾帶蘿蔔苦味的「菜根」談，實在有趣！

386

仍然活著，
但凍成一團——
那些海參！

☆生きながら一つに氷る海鼠哉（1693）
ikinagara / hitotsu ni kōru / namako kana

387

歲末大掃除——
木匠為自己家
做了一個架子

☆煤掃は己が棚つる大工かな（1693）
susuhaki wa / onoga tana tsuru / daiku kana

388

日出梅香中：
山
　路

☆梅が香にのつと日の出る山路哉（1694）

umegaka ni / notto hi no deru / yamaji kana

譯註：此為元祿七年春──芭蕉生命最後一個春天──之作。為詩
集《炭俵》開頭之名句。

389

梅花的香味──
一個「昔」字
讓人如是悲

☆梅が香に昔の一字あはれなり（1694）

umegaka ni / mukashi no ichiji / aware nari

譯註：此詩為哀悼芭蕉在大垣的門人梅丸一年前去世的兒子新八之
作。以梅丸名字中之「梅」入詩，並以「昔」字對比新八名中之
「新」，喻人世之無常。

390

涅盤會上
皺手合十：
念珠之聲……

☆涅槃会や皺手合する数珠の音（1694）
nehane ya / shiwade awasuru / juzu no oto
譯註：涅盤會，追悼佛陀入滅之法會。

391

雨止天青：八九間
屋宇闊的柳樹枝葉將
雨珠從空中閃閃搖下……

☆八九間空で雨降る柳かな（1694）
hakkuken / sora de ame furu / yanagi kana

392

屋漏偏逢
春雨——沿蜂巢滲落如
蜂蜜點滴

☆春雨や蜂の巣つたふ屋根の漏り（1694）

harusame ya / hachi no su tsutau / yane no mori

393

落潮：
柳枝垂入
泥濘中

☆青柳の泥にしだるる潮干かな（1694）

aoyagi no / doro ni shidaruru / shiohi kana

譯註：此詩寫於元祿七年三月三日江戶。收於詩集《炭俵》。

394

春雨——
艾蒿從路旁草中
冒出

☆春雨や蓬をのばす艸の道（1694）

harusame ya / yomogi o nobasu / kusa no michi

譯註：此詩為元祿七年春，五十一歲的芭蕉於江戸深川水邊所見之
作。

395

柳樹——暗影
款擺
俯身水晶花叢

☆卯の花や暗き柳の及び腰（1694）

unohana ya / kuraki yanagi no / oyobigoshi

396

別院送別宴——
草叢中的紫陽花，也在
小庭園中列席呢

☆紫陽花や藪を小庭の別座舗（1694）
ajisai ya / yabu o koniwa no / betsuzashiki

譯註：此詩為元祿七年五月上旬，芭蕉從江戶啟程返伊賀故里（生平最後一次旅行）前，於門人子珊「別座舖」（別座敷，別院）舉行的送別詩會中所詠之句。永別在即，與會者悲寂之情躍然紙上／座席上，連別院小庭園中的紫陽花也依依不捨，列席送別呢。

397

別離在即——
我抓住一株麥穗
尋求力量

☆麦の穂を力につかむ別れ哉（1694）
mugi no ho o / chikara ni tsukamu / wakare kana

398

> 黃鶯，在
> 竹子的新芽叢中
> 歌唱暮年

☆鶯や竹の子藪に老を鳴く（1694）
uguisu ya / takenoko yabu ni / oi o naku

399

> 駿河路上——
> 橘花
> 也散發茶香

☆駿河路や花橘も茶の匂ひ（1694）
surugaji ya / hanatachibana mo / cha no nioi

譯註：此詩前書「入駿河國」。元祿七年五月十七日，五十一歲的芭蕉最後的「西上之旅」途中所作。膾炙人口的芭蕉名句之一。駿河國，約為今靜岡縣中部及東北部。

400

濁流翻騰的
大井川，把漫天五月
雲雨吹落吧！

☆五月雨の空吹き落せ大井川（1694）
samidare no / sora fukiotose / ōigawa

譯註：此詩為元祿七年五月，五十一歲的芭蕉生平最後西上、返鄉之行途中所作，力度、強度與他 1689 年《奧之細道》之行詠最上川之句「集攬霪霪／五月雨，洶湧湍／猛最上川」（本書 261 首）匹敵。大井川，流經今靜岡縣。

401

　　人間此世行旅：
　　如在一小塊
　　田地來回耕耙

☆世を旅に代搔く小田の行き戻り（1694）

yo o tabi ni / shiro kaku oda no / yukimodori

譯註：此詩為元祿七年五月之作，前書「在尾張名古屋」。世界是一
張筆耕的稿紙，生命大多時候浪跡、行吟四方的芭蕉，臨終這一年
在名古屋旅途上回顧身為旅者／書寫者的自己的一生，「如在一小塊
田地來回耕耙」。這首寫於 1694 年的詩，讓人想起 1995 年諾貝爾
文學獎得主、愛爾蘭詩人希尼（Seamus Heaney, 1939-2013）1966
年第一本詩集裡的第一首詩〈挖掘〉，他說他沒有鐵鏟追隨父祖們挖
掘農地，但在他的手指和拇指間，他粗短的筆擱著，他「將用它挖
掘」大地。

402

柳條包背著，一頭涼
觸著你——
今年的新甜瓜

☆柳行李片荷は涼し初真桑（1694）

yanagigōri / katani wa suzushi / hatsumakuwa

譯註：此詩有前書「閏五月二十二日，落柿舍亂吟」，為元祿七年閏
五月二十二日於京都嵯峨落柿舍所作。「亂吟」，但誠為傑作。

403

六月雲——
閑棲於
嵐山峰頂

☆六月や峰に雲置く嵐山（1694）

rokugatsu ya / mine ni kumo oku / arashiyama

譯註：此詩為元祿七年六月寫於京都嵯峨之作。

404

　　夏月當空——
　　清瀧川水波
　　一塵不染

☆清滝や波に塵なき夏の月（1694）

kiyotaki ya / nami ni chiri naki / natsu no tsuki

譯註：此詩亦為元祿七年六月寫於嵯峨之作，詩中之「清瀧」應為
保津川之上流「清瀧川」。

405

　　嵯峨野的綠竹
　　涼爽，躍然
　　圖畫中

☆涼しさを絵にうつしけり嵯峨の竹（1694）

suzushisa o / e ni utsushikeri / saga no take

406

晨露晶瑩：有點髒

而涼——

沾著爛泥的西瓜

☆朝露によごれて涼し瓜の土（1694）

asatsuyu ni / yogorete suzushi / uri no tsuchi

譯註：此詩寫於元祿七年六月。芭蕉是愛瓜、寫瓜的能手，他筆下的瓜，似乎只消看一眼，便可覺其涼意。

407

夏夜——碎解、

轉明：

如殘餘之冷食

☆夏の夜や崩れて明けし冷し物（1694）

natsu no yo ya / kuzurete akeshi / hiyashimono

譯註：此詩有前書「曲水亭」，應為元祿七年六月十七日寫成於芭蕉在膳所的弟子菅沼曲水住處之作。芭蕉與弟子們一夜熱情、興奮連吟之後，至天明時所備之「冷食」（素面、水果一類之食物），殆已狼藉散亂、不復原形。

408

碗盤，在
陰涼的薄暮中
微微發亮

☆皿鉢もほのかに闇の宵涼み（1694）
sarabachi mo / honokani yami no / yoisuzumi

409

風中香氣撥奏，
水面上
輕輕激起漣漪

☆さざ波や風の薫の相拍子（1694）
sazanami ya / kaze no kaori no / aibyōshi

譯註：此詩有題「納涼」。這首元祿七年夏，寫滋賀琵琶湖之景，充滿「聯覺」、「通感」之美的俳句，讓人想起法國象徵主義詩人波特萊爾名作「Correspondances」（「冥合」、「應合」）──大自然景物間美妙的對應。

410

　　秋近：心
　　相親——四疊半
　　的小空間

☆秋近き心の寄るや四疊半（1694）

aki chikaki / kokoro no yoru ya / yojōhan

譯註：此詩為元祿七年（1694）六月二十一日，芭蕉在大津醫者（亦為其門人）望月氏住處「木節庵」俳席上所作。六月八日，芭蕉在京都接獲其情人壽貞尼死去之訊息，參與此大津「四疊半」俳席的木節、維然、支考三位芭蕉門人必定極關切其師內心之感受，此種體貼之氛圍自然地反映在芭蕉此首情感豐富的俳句裡。

411

　　雙足
　　抵壁畫寢——
　　涼哉

☆ひやひやと壁をふまへて昼寝哉（1694）

hiyahiya to / kabe o fumaete / hirune kana

譯註：此詩為元祿七年七月上旬，於大津門人住處木節庵所作。

412

　　車前草滿佈
　　細狹小徑：草花上
　　露水一顆顆

☆道ほそし相撲取り草の花の露（1694）

michi hososhi / sumōtorigusa no / hana no tsuyu

譯註：此詩有前書「七月伊始，再次回來見到舊草」，為芭蕉於元祿
七年七月上旬，重訪暌違三年的大津義仲寺草庵後所作。

413

　　一家人
　　髮白、拄杖
　　掃墓去

☆家はみな杖に白髪の墓参り（1694）

ie wa mina / tsue ni shiraga no / hakamairi

譯註：此詩前書「甲戌夏，人在大津，家兄來信，乃歸故里行盂蘭
盆會」。

414

盂蘭盆節亡靈祭──
絕不要以為你是
微不足道之身……

☆数ならぬ身とな思ひそ玉祭（1694）

kazu naranu / mi to na omoiso / tamamatsuri

譯註：此詩前書「聞壽貞尼死訊」，寫於元祿七年（1694）七月十五日伊賀上野芭蕉家盂蘭盆會之際。日文原詩中的「玉祭」即魂祭，是盂蘭盆會時的祖靈祭。壽貞尼是芭蕉年輕時的情婦（或者沒有結婚證書的妻子！），據推測芭蕉約在三十一歲（1674）時開始與其於江戶同居。芭蕉三十七歲（1680）時突然獨自搬往深川遁居。有一說謂壽貞與芭蕉外甥桃印（小芭蕉十七歲）有染。壽貞後來育有一子二女，兒子次郎兵衛之父或說為桃印，或說為壽貞另嫁之男子，或說是芭蕉。可確定者，桃印染肺結核於 1693 年病逝芭蕉庵，而芭蕉於 1694 年 5 月帶著次郎兵衛從江戶出發，西下進行其一生最後一次旅行時，壽貞正臥病於芭蕉庵。芭蕉六月八日在京都接獲壽貞死訊，而後在七月半故里盂蘭盆會上寫下此動人、深情之詩。壽貞尼為芭蕉一生所愛的唯一女子殆無疑問。

415

　　閃電——

　　刺入黑暗，

　　蒼鷺的鳴叫

☆稲妻や闇の方行く五位の声（1694）

inazuma ya / yami no kata yuku / goi no koe

譯註：此詩推定為芭蕉於元祿七年七月寫於伊賀上野之作。

416

　　這古老的

　　村子，沒有一家

　　不種柿樹

☆里古りて柿の木持たぬ家もなし（1694）

sato furite / kaki no ki motanu / ie mo nashi

譯註：此詩為元祿七年八月七日，芭蕉於家鄉伊賀上野所寫。

417

啊冬瓜，看——
我們的臉
都已成冬顏！

☆冬瓜やたがひに変る顔の形（1694）

tōgan ya / tagai ni kawaru / kao no nari

譯註：此詩亦為元祿七年，芭蕉回家鄉伊賀上野時之作。

418

一田的棉花——
彷彿中秋明月
開花紛墜

☆名月の花かと見えて綿畠（1694）

meigetsu no / hana ka to miete / watabatake

譯註：此詩為元祿七年八月十五日，在伊賀上野門人所贈之「無名庵」賞月宴上所作。

419

初放的櫻花——
願新寫出的俳句
不似吾等容顏……

☆顔に似ぬ発句も出でよ初桜（1694）

kao ni ninu / hokku mo ideyo / hatsuzakura

譯註：此詩為元祿七年秋在家鄉伊賀上野所作，與四年前（1690）
中秋夜義仲寺賞月作（見本書 309 首）似有某種呼應——四年前的
明月，讓座間無一美容顏；今年，他慨然願見新俳仍能美燦如初春
最早綻放的櫻顏。

420

秋去也——
栗子的果殼
雙手洞開

☆行く秋や手をひろげたる栗の毬（1694）

yuku aki ya / te o hirogetaru / kuri no iga

421

菊香悠悠——
古都奈良千佛
古色古香

☆菊の香や奈良には古き仏達（1694）

kiku no ka ya / nara ni wa furuki / hotoketachi

譯註：此詩寫於元祿七年九月九日重陽節（菊花節）的奈良。

422

秋天即將去——
雨七零八落下，
月也黯淡七八分

☆秋もはやばらつく雨に月の形（1694）

aki mo haya / baratsuku ame ni / tsuki no nari

譯註：此詩於元祿七年九月十九日左右，寫於大阪。距十月十二日大阪旅途病逝不到一個月。

423

此道，
無人行——
秋暮

☆この道や行く人なしに秋の暮（1694）

kono michi ya / yuku hito nashi ni / aki no kure

譯註：此詩寫於元祿七年九月二十六日的大阪，前書「所思」，是芭蕉的「準辭世詩」。一心一意於俳諧之道前行的芭蕉，五十年人生回首，忽覺別無旅人身影。秋暮，風景、心景──寂也、寥也，此詩。此道是生命之道，旅次漫漫奧之細道，奧秘詩藝悠悠、娓娓的戀（詩）人絮語、細道……

424

今秋，何故
自覺老甚——
飄飄鳥入雲……

☆この秋は何で年寄る雲に鳥（1694）

kono aki wa / nande toshiyoru / kumo ni tori

譯註：此詩與前一首詩寫於同一日——元祿七年九月二十六日的大阪，前書「旅懷」，被視為芭蕉晚年傑作之一，蕉風的閑寂，枯淡，輕盈，清冷……。杜甫〈旅夜書懷〉——「飄飄何所似，天地一沙鷗」。

425

　　白菊——
　　啊定睛細看，不染
　　一塵

☆白菊の目に立てて見る塵もなし（1694）

shiragiku no / me ni tatete miru / chiri mo nashi

譯註：芭蕉生命最後一年西行之旅，五月間由江戶出發，經島田、
鳴海、名古屋、伊勢等地，於月底回到伊賀上野，停留至閏五月中
旬，又往大津、膳所、京都等地。七月中旬又返故里，停留至九月
八日。九月九日至大阪後罹病。此詩為元祿七年九月二十七日晨，
大阪病中的芭蕉訪門人園女之家時所作。

426

> 月色清澄：我陪
> 我愛的少年郎
> 回去——他怕狐

☆月澄むや狐こはがる児の供（1694）

tsuki sumu ya / kitsune kowagaru / chigo no tomo

譯註：此詩前書「月下送少年」，是首充分流露「男色」想像之艷詩，為芭蕉於元祿七年九月二十八日、在門人長谷川畦止大阪家中舉行的俳席上即興寫成，可謂芭蕉生命最後階段的異色之作。此夜席上，眾人品味將盡的秋意，並總結出「七種愛情」，每人各詠以一首俳句。芭蕉所詠者為「男同之愛」。

427

秋深——我好奇
鄰人們
怎麼過活？

☆秋深き隣は何をする人ぞ（1694）

aki fukaki / tonari wa nani o / suru hito zo

譯註：此詩亦寫於元祿七年九月二十八日之大阪，芭蕉生命最後階段之作。

428

綠松針
飄落，清瀧川
水波上……

☆清滝や波に散り込む青松葉（1694）

kiyotaki ya / nami ni chirikomu / aomatsuba

譯註：此詩為元祿七年芭蕉死前三日之作，轉今年六月間之句「清滝や波に塵なき夏の月」（本書 404 首）而成。死前清澄心境之映現。

429

羈旅病纏：夢
迴旋於
枯野

☆旅に病んで夢は枯野をかけ廻る（1694）

tabi ni yande / yume wa kareno o / kakemeguru

譯註：大阪旅途中發病的芭蕉於元祿七年十月八日吟出此詩，由門人呑舟記下，為芭蕉辭世之作。此詩由 6-7-5 共十八音節構成。我們先前曾「創意性」中譯如下──

羈旅病纏：
夢如黑膠片，迴旋
於枯野唱盤

430

秋末狂風橫掃而過後
仍堪一看的
菊花

☆見所のあれや野分の後の菊（1684-1694 間）

midokoro no / are ya nowaki no / nochi no kiku

431

　　凌亂的粉紅美：
　　怒放的眾桃花中
　　初開的櫻花

☆咲き亂す桃の中より初桜（1684-1694 間）
sakimidasu / momo no naka yori / hatsuzakura

432

　　雪化了的地方
　　淡紫色的芽——
　　啊，獨活

☆雪間より薄紫の芽独活哉（1684-1694 間）
yukima yori / usumurasaki no / meudo kana
譯註：日語「独活」，植物名，即「土當歸」。

433

　　櫻花——
　　讓一整個春夜
　　亮起來！

☆春の夜は桜に明けてしまひけり（1684-1694 間）
haru no yo wa / sakura ni akete / shimaikeri

434

　　燈籠草——
　　果實、葉子、果萼
　　盡染紅葉色

☆鬼灯は実も葉もからも紅葉哉（1684-1694 間）
hōzuki wa / mi mo ha mo kara mo / momiji kana

譯註：燈籠草，日語「鬼灯」，為茄科多年生草本，夏秋開花，結紅色、球形果實，似燈籠，又稱「酸漿果」或「紅姑娘」。

435

> 皎月，透過窗戶
> 把一矩形　的光
> 映在我榻榻米上

☆わが宿は四角な影を窓の月（1684-1694 間）
waga yado wa / shikakuna kage o / mado no tsuki

436

> 稍一說嘴，
> 唇凍傷——
> 秋風中

☆物いへば唇寒し秋の風（1684-1694 間）
mono ieba / kuchibiru samushi / aki no kaze

譯註：此詩前書「座右銘：無道人之短，無說己之長」。

437

菊花開後更

無花，獨有蘿蔔

體面白

☆菊の後大根の外更になし（1684-1694 間）

kiku no nochi / daikon no hoka / sarani nashi

譯註：古來中國、日本文人墨客頗喜愛菊，每悲秋過後菊之謝落，
名句如元稹的〈菊花〉——「不是花中偏愛菊，此花開盡更無花」（平
安時代編成的《和漢朗詠集》中作「此花開後更無花」）。芭蕉此詩
將古典美學價值「諧仿化」——詼諧模仿經典之作，使之具諷刺與
滑稽之效，充分彰顯俳句／俳諧特色——菊後，獨有體、面俱白的
蘿蔔（「大根」），大方、大辣辣地搞笑、體現「面白」（日語「有
趣」、「有意思」之謂）之況味！（芭蕉頗愛寫蘿蔔，本書 225、
384、385 首皆是。）

438

穴中鼠嘰嘰

回應小麻雀叫聲，

交鳴如天籟

☆雀子と声鳴きかはす鼠の巣（1684-1694 間）

suzumeko to / koe nakikawasu / nezumi no su

439

　　奈良——
　　七重七堂伽藍
　　八重櫻……

☆奈良七重七堂伽藍八重桜（1684-1694 間）

nara nanae / shichidō garan / yaezakura

譯註：奈良為日本七代帝都之所在，有諸多伽藍（寺院）以及聞名
遐邇的櫻花。此詩全用漢字，並疊用數字七-七-八，頗為有趣。
七，象其多也。七重（七座）七堂全備的大伽藍——奈良伽藍的「七
堂」包括金堂、講堂、塔、鐘樓、經藏、食堂、僧坊。八重櫻，重
瓣櫻花之謂也。

440

此寺啊
滿植芭蕉之
庭園喲

☆この寺は庭一盃のばせを哉（1684-1694 間）

kono tera wa / niwa ippai no / bashō kana

譯註：此詩似有偷工、簡略、不完整之感，但與其說這滿植芭蕉的
庭園是立在地上，不如說是立在稿紙上。這是詩人芭蕉詩藝的芭蕉
園，在十七音節寬窄的空間裡反覆鋪數一層層詩的面膜，一如 1990
年諾貝爾獎得主、墨西哥詩人帕斯 1984 年訪深川隅田川畔芭蕉庵後
寫的〈芭蕉庵〉此組俳句中所說──「整個世界嵌／入十七個音節
中：／你在此草庵」；「母音與子音，／子音與母音的交／織：世界
之屋」；「數百年之骨，／愁苦化成岩石，山：／此際輕飄飄」。此
寺啊，滿植芭蕉之庭園喲……。這是一千首俳句構成的詩神之廟，
俳聖之寺，以簡馭繁、舉重若輕的葫蘆，自身俱足的小宇宙……

441

蝙蝠啊，你也
出來加入這花燦
鳥鳴的浮世吧

☆蝙蝠も出でよ浮世の華に鳥（1684-1694 間）

kōmori mo / ideyo ukiyo no / hana ni tori

442

夜半霜寒——
我想向稻草人
借衣袖睡覺

☆借りて寝ん案山子の袖や夜半の霜（1684-1694 間）
karite nen / kakashi no sode ya / yowa no shimo

443

梅香——
讓消逝的寒意
重浮

☆梅が香に追ひもどさるる寒さかな（1684-1694 間）
umegaka ni / oimodosa ruru / samusa kana

譯註：此詩詠早春梅花。立春後之寒，謂之餘寒、春寒。早春梅
香，讓人重感冬日寒意。

444

　　每天早上
　　練習寫字、發聲：
　　一隻蟋蟀

☆朝な朝な手習ひすすむきりぎりす（1684-1694 間）

asanaasana / tenarai susumu / kirigirisu

譯註：日語「手習」，習字、練字之意。蟋蟀，別名筆津蟲。詩人似乎有意將筆的意象與提筆習字做連結。這隻每日晨起勤奮練習寫字、吟誦的蟋蟀，也許就是芭蕉自己。

445

　　說厭煩小孩者
　　──不配
　　有花

☆子に飽くと申す人には花もなし（1684-1694 間）

ko ni aku to / mōsu hito ni wa / hana mo nashi

446

　　風吹松林
　　松針落：
　　水音清涼……

☆松風の落葉か水の音涼し（1684-1694 間）
matsukaze no / ochiba ka mizu no / oto suzushi

447

　　廣袤的武藏野——
　　再無一物
　　攔阻你的斗笠了

☆武蔵野やさはるものなき君が笠（1684-1694 間）
musashino ya/sawaru mono naki/kimi ga kasa

譯註：此詩為芭蕉在草枯的深秋，送別門人塔山從江戶回大垣之
作。武藏野，鄰江戶之廣大原野。

448

　　此木槌——

　　往昔是一棵茶花樹？

　　或一棵梅樹？

☆この槌のむかし椿か梅の木か（1684-1694間）

kono tsuchi no / mukashi tsubaki ka / ume no ki ka

譯註：此首俳句出現於芭蕉俳文〈斷杵贊〉（「杵折贊」）。詩前之
文謂——「此名為『斷杵』之物，乃深受上流人士喜愛，而成為扶
桑奇物也。汝出自何山，成為何村賤民擣衣之物？昔名『橫槌』，今
稱『花入』——改名為貴人們插花之器具。下降者必上，上升者必
下。人亦如斯。居高而不驕，位低而不怨。世間變易正如此『橫
槌』。」

449

　　啊，梅香

　　讓我神遇

　　未曾見之古人

☆梅が香や見ぬ世の人に御意を得る（1684-1694間）

umegaka ya / minu yo no hito ni / gyoi o uru

279

450

近江八景？霧
隱藏了七景，當
三井寺晚鐘響起……

☆七景は霧にかくれて三井の鐘（年代不明）
shichikei wa / kiri ni kakurete / mii no kane

譯註：「三井寺晚鐘」是琵琶湖附近「近江八景」之一。據說，有人
戲問芭蕉可否將「近江八景」寫進僅十七音節的俳句裡，芭蕉乃機
靈地回以此作。

451

隨著每一陣風
蝴蝶變換
它在柳樹上的座位

☆吹くたびに蝶の居直る柳かな（年代不明）
fuku tabi ni / chō no inaoru / yanagi kana

452

　　大熱天——
　　連蛤蜊也
　　嘴巴緊閉

☆蛤の口しめて居る暑さかな（年代不明）
hamaguri no / kuchi shimete iru / atsusa kana

453

　　一片桐葉
　　已落——你不來
　　一訪我的孤寂嗎？

☆さびしさを問てくれぬか桐一葉（年代不明）
sabishisa o / toute kurenu ka / kiri hitoha

譯註：此詩為芭蕉寫給他的高徒服部嵐雪之作。日文「桐一葉」有
一葉知秋、葉落知秋之意。

陳黎、張芬齡中譯和歌俳句書目

《亂髮：短歌三百首》。台灣印刻出版公司，2014。

《胭脂用盡時，桃花就開了：與謝野晶子短歌集》。湖南文藝出版社，2018。

《一茶三百句：小林一茶經典俳句選》。台灣商務印書館，2018。

《這世界如露水般短暫：小林一茶俳句300》。北京聯合出版公司，2019。

《但願呼我的名為旅人：松尾芭蕉俳句300》。北京聯合出版公司，2019。

《夕顏：日本短歌400》。北京聯合出版公司，2019。

《春之海終日悠哉游哉：與謝蕪村俳句300》。北京聯合出版公司，2019。

《古今和歌集300》。北京聯合出版公司，2020。

《芭蕉·蕪村·一茶：俳句三聖新譯300》。北京聯合出版公司，2020。

《牽牛花浮世無籬笆：千代尼俳句250》。北京聯合出版公司，2020。

《巨大的謎：特朗斯特羅姆短詩俳句集》。北京聯合出版公司，2020。

《我去你留兩秋天：正岡子規俳句400》。北京聯合出版公司，2021。

《天上大風：良寬俳句·和歌·漢詩400》。北京聯合出版公司，2021。

《萬葉集365》。北京聯合出版公司，2022。

《微物的情歌：塔布拉答俳句與圖象詩集》。台灣黑體文化，2022。

《萬葉集：369首日本國民心靈的不朽和歌》。台灣黑體文化，2023。

《古今和歌集：300首四季與愛戀交織的唯美和歌》。台灣黑體文化，2023。

《變成一個小孩吧：小林一茶俳句365首》。陝西師大出版社，2023。

《致光之君：日本六女歌仙短歌300首》。台灣黑體文化，2024。

《願在春日花下死：西行短歌300首》。台灣黑體文化，2024。

《此身放浪似竹齋：松尾芭蕉俳句450首》。台灣黑體文化，2024。

附錄
俳聖／陳黎

你說：「即使在京都，聽見杜鵑
啼叫，我想念京都」。我們說：
「即使在花蓮，看到浪的翻疊
我們想念花蓮」。我涼鞋走四季
而你，一年又過──手拿斗笠
腳著草鞋。你說：「啊春來了
大哉春，大哉大哉春」，我們
於是知道人生很窄，春天很短
寒冬一旦過了，就要盡情地
張大、張大春。明明一片寂靜
何以你能聽到蟬聲滲入岩石？
又為何在麥飯和戀愛間，母貓
瘦了？你說：「海暗了，鷗鳥的
叫聲微白」。我看著家鄉七星潭
的海，逐漸暗去，而異鄉逆旅
夢中猶有七星發光。你說：「
一田的棉花，彷彿月亮開了花」

我說：「一池的月光，彷彿
一群銀魚，競抖身上的鱗片」
牡丹花深處／一隻蜜蜂歪歪倒／
倒爬出來哉。啊樂不可支，你在
為充滿情趣的世界，拍十七秒
十七音節的廣告短片嗎？松下問
青蛙，風的尾巴溜到哪裡去了：
它撲通一聲，躍進古池，水面上
芭蕉葉，芭蕉的言葉，輕輕搖晃

（二〇一三）

國家圖書館出版品預行編目 (CIP) 資料

此身放浪似竹齋：松尾芭蕉俳句450首／松尾芭蕉著；陳黎，張芬齡譯. -- 初版. -- [新北市]：黑體文化出版：遠足文化事業股份有限公司發行，2024.06
　面；　公分. -- (白盒子；9)

ISBN 978-626-7263-94-5 (平裝)

861.523   113007349

特別聲明：
有關本書中的言論內容，不代表本公司／出版集團的立場及意見，由作者自行承擔文責。

黑體文化

讀者回函

白盒子9
此身放浪似竹齋：松尾芭蕉俳句450首

作者・松尾芭蕉｜譯者・陳黎、張芬齡｜責任編輯・張智琦｜封面設計・許晉維｜出版・黑體文化／左岸文化事業有限公司｜總編輯・龍傑娣｜發行・遠足文化事業股份有限公司（讀書共和國出版集團）｜電話・02-2218-1417｜傳真・02-2218-8057｜客服專線・0800-221-029｜讀書共和國客服信箱service@bookrep.com.tw｜官方網站・http://www.bookrep.com.tw｜法律顧問・華洋法律事務所・蘇文生律師｜印刷・中原造像股份有限公司｜排版・菩薩蠻數位文化有限公司｜初版・2024年6月｜定價・350｜ISBN・9786267263945｜EISBN・9786267263914（PDF）｜EISBN・9786267263921（EPUB）｜書號・2WWB0009